Oetinger

Peer Anders Martin wurde 1968 in Hannover geboren. Nach einem Studium der Sozialpädagogik arbeitete er mehrere Jahre mit Jugendlichen in Berlin, Brandenburg und Vorpommern, zuletzt auf der Insel Rügen. Für sein Debüt »Sommer unter schwarzen Flügeln«, wurde er mit dem Deutschen Jugendliteraturpreis ausgezeichnet. Inzwischen lebt er mit seiner Frau, drei Kindern und Hund Lola in Québec.

PEER MARTIN

Was kann einer schon tun?

Verlag Friedrich Oetinger · Hamburg

MIX
Papier aus verantwortungsvollen Quellen
FSC® C083411
FSC
www.fsc.org

Poppenbütteler Chaussee 53, 22397 Hamburg

Einband von Christiane Laura Schultz
Druck und Bindung: CPI books GmbH,
Birkstraße 10, 25917 Leck, Deutschland
Printed 2017
ISBN 978-3-7891-0867-9

www.oetinger.de

Erstes Gespräch

Lola, die Gartenzwerge der Islamisten und das Ende der Freiheit

»Gibt es noch einen Weg, all das zu retten?«

Die Frage schwebt zwischen uns in die kühle Luft hinaus und bleibt dort hängen, irgendwo im Blau des Winterabends.

Breit, breit fließt der Sankt-Lorenz-Strom dahin, schiebt seine Wassermassen in Richtung Atlantik, ein ewiges bewegliches Lebewesen. Und hier oben stehen also wir, klein, unwichtig, sehr vergänglich. Lola und ich. Und, weiter vorn, wobei von Stehen keine Rede sein kann, Hannah-Marie.

Sie hopst.

Auf und ab, auf und ab, auf einer der Bänke, die zum Ausruhen gedacht sind, die Hände an der Lehne. Sie hopst nur kurz, kürzer, als andere fast dreijährige Kinder es tun würden, dann hockt sie sich hin, um kurz auszuruhen; mit Hannah-Maries Herz stimmt etwas nicht. Aber das hindert sie nicht daran, zu hopsen.

Blau, blau spannt sich der Himmel über uns.

Lola setzt sich, sieht auf den Strom hinaus, hechelt leise. Sieht dann zu mir auf.

»All das zu retten? Alles was?«

Ich mache eine weite, nicht ganz elegante Handbewegung. »Die Natur. Die Wale, die irgendwo weiter unten im Strom schwimmen. Die Menschen. Die Hoffnung.«

»Ich sehe nicht, dass hier im Moment irgendwas zu retten wäre.« Lola schnauft ein wenig und legt ihren Kopf auf die hellen Pfoten. »Ist doch alles so weit in Ordnung. Der Mensch macht sich immer zu viele Gedanken.«

»Das glaube ich nicht«, sage ich. »Er macht sich zu wenige. Schau dir an, was los ist auf der Welt. Diese Idylle trügt. Es ist eine Blase, die jeden Moment platzen kann. Es war auch schön in Nizza, am Tag der Unabhängigkeit. Und auf dem Berliner Weihnachtsmarkt. Es war schön auf der Silvesterfeier am Bosporus, Musik, Tanz, der Blick auf die Brücke, wo zwei Kontinente sich treffen, ich stelle es mir schön vor. Und dann ist die Blase zerplatzt, ganz plötzlich. Dann war da jemand mit der Macht, alles zu zerstören, die Kraft von zig Tonnen

Lastwagen, von einem Maschinengewehr, die Kraft des Hasses. Weil jemand etwas dagegen hatte, dass die Menschen feiern. Jemand hatte etwas gegen diese Seifenblase. Denn die Schönheit solcher Seifenblasen besteht zu neunzig Prozent aus Freiheit. Der Freiheit zu denken, zu sagen und zu tun, was man möchte. Ich meine, man kann Kritik üben. Man kann durchaus behaupten, die Freiheit von Menschen in einem Szeneclub am Bosporus bestünde darin, sich auf Kosten anderer, die ihnen ihren Reichtum erarbeitet haben, zu amüsieren. Die Freiheit bestünde darin, ihr Geld für Cocktails und unendlich teure Abendkleider auszugeben statt für hungernde und frierende Menschen, die irgendwo auf der Welt auf Spendengelder warten, die niemals kommen.

Man kann Kritik üben. Nur erstens weiß man überhaupt nicht, ob so ein Multimillionär, der da tanzt, nicht vorher eine seiner Multimillionen für die Hungernden und Frierenden gespendet hat. Und zweitens ist eben das persönliche Freiheit: zu entscheiden, was man tut mit seinem Geld und mit seinem Leben.«

»Ich glaube nicht, dass Multimillionäre dabei

waren. Die feiern doch irgendwo in einem Hochsicherheitstrakt. Mit ihren Hunden. Multimillionäre haben immer Hunde, wusstest du das? Und die Hunde bekommen zu Silvester Braten. Einen eigenen. Aber du willst über ernste Dinge sprechen.«

»Ich will nicht über ernste Dinge sprechen«, sage ich.

Hannah-Marie hopst. Sie sieht herüber, winkt, ruht sich wieder aus, ihren Teddybären im Arm, der geduldig auf der Bank gewartet hat.

»Ich will überhaupt nicht über ernste Dinge sprechen. Ich will hier stehen und auf den Strom sehen und nur darüber sprechen, wie schön er ist, wie glatt, wie eisig blau. Und mir vorstellen, wie in fünfzehn Jahren eine erwachsene Hannah-Marie hier steht, mit ihrer ersten großen Liebe, und wie ihre Brüder mit ihren Familien hier entlangschlendern, nach einem Stadtbummel durch die Altstadt, und wie wir uns alle zusammen später in einem wunderbaren kleinen Café aufwärmen und zusammen lachen und einen Grog trinken. Aber es wird nicht so sein. Es wird niemals so sein, verstehst du? Vielleicht wird der Strom nicht einmal mehr blau sein, weil er voller Blut ist, wie damals in Syrien der Orontes, in den sie die Toten warfen, weil sie sie nicht beerdigen konnten, ohne dabei selbst erschossen zu werden. Vielleicht werden alle Ströme voller Blut sein. Vielleicht wird der Krieg zu uns herüberschwappen, auf großen Umwegen durch die Hände der Mächtigen.

Von gefrorenen Seifenblasen und dem Schutz der Freiheit durch die Abschaffung der Freiheit

Vielleicht wird das Blut unsichtbar sein, wir werden wissen, dass es da ist, dass es an unseren Fingern klebt, ohne es eigentlich zu sehen. Und die Altstadt wird abgeriegelt sein, geschützt von Sicherheitspersonal an allen Ein- und Ausgängen, wie jeder Platz, den Touristen besuchen. Männer in Uniform und mit kugelsicheren Westen werden jeden kontrollieren, der durch die Gassen geht, jeden, der hier auf der Terrasse über dem Strom auf einer Bank sitzt. Sie werden die Seifenblase der Freiheit schützen vor Menschen mit Lastwagen und Sprengstoffgürteln, und die Freiheit wird keine Freiheit mehr sein, die Seifenblase eingefroren und hart. Und wenn die Menschen einander auf der Straße begegnen, werden sie sich nur noch kurz ansehen, voller Misstrauen in den Augen, und rasch, rasch ihre Haustüren hinter sich verschließen, sobald sie das sichere Drinnen erreicht haben. In einem Café zu sitzen und miteinander zu lachen, wird eine Ausnahme sein. Und Hannah-Maries erste große Liebe wird sorgsam ausgesucht werden, nicht von ihr, sondern von uns, von ihren besorgten Eltern. Und es darf kein Moslem sein, weil wir vor Moslems Angst haben werden, und es darf kein Araber sein, auch kein arabischer Christ, weil Hannah-Maries Mutter jüdischen Glaubens ist und alle Araber alle Menschen jüdischen Glaubens hassen werden, und es wird kein Afrikaner sein, weil wir vor Afrikanern auch Angst haben werden, denn sie werden herkommen und ihre Rechte einfordern und sich nicht mehr abwimmeln lassen, weil es einfach zu viele sein werden. All diese Ängste werden natürlich völlig irrational sein, werden uns nur eingeimpft worden sein, immer und immer wieder vorgebetet von den Medien, der allgemeinen Meinung, dem Internet, so lange, bis wir glauben, dass wir Angst haben, selbst wir, die vorher so liberal waren.

Und Hannah-Marie wird hier stehen, mit einem weißen amerikanischen Juden an ihrer Seite, der absolut sicher und von Kopf bis Fuß durchgecheckt ist, und sie wird ihn nicht lieben, und er wird sie nicht lieben, aber es wird das Beste sein. Und wenn ihre Brüder vorbeischlendern, werden sie keine Familien haben, weil es zu gefährlich sein wird, Familien zu haben. Und wenn wir nach Berlin reisen, um unsere alten Freunde zu besuchen, werden wir sie nicht mehr finden. Weil Berlin ein anderes Berlin sein wird. Weil mahnende, warnende Stimmen wie die unserer Freunde verstummt sein werden, zum Verstummen gebracht von einem Mob, der die Straße regiert und sich in alle Parlamente der Welt gedrängt hat, einem Mob, der Sicherheit! Sicherheit! schreit und alle Grenzen schließt. Und die Freunde, die wir hatten, werden einfach verschwunden sein, weil sie etwas dagegen hatten. Etwas dagegen gesagt, geschrieben, gezeichnet haben. Zum Schutz der Meinungsfreiheit vor den islamistischen Attentätern wird die Meinungsfreiheit abgeschafft worden sein. Und eine Bombe wird die Altstadt von Québec trotz allem in Schutt und Asche legen, weil Angst Hass schürt und Hass Hass weiterschürt, sie wird da vorne einschlagen, im Hotel Fairmont Le Château Frontenac, genau dort, im Turm. Aber Berlin wird zu diesem Zeitpunkt schon lange größere Wunden haben. Krater unter den

Linden. Löcher in den Herzen.« Ich hole tief Luft. »So wird es sein«, sage ich, leiser, »wenn wir nichts dagegen tun.«

Lolas braune Hundeaugen mustern mich eine Weile. »Ist es das, was du nachts träumst, wenn du dich im Schlaf hin und her wälzt? Armer, armer Mensch.« Sie legt eine Pfote auf meinen Fuß, wie um mich zu trösten. »Was für einen Unsinn du dir ausdenken musst. Ist das bei allen Menschen so?«

Ich nicke. Und ich gehe zu der Bank und nehme Hannah-Marie auf den Schoß, um sie ein wenig zu wärmen, obwohl sie einen Schneeanzug und Handschuhe und eine Mütze trägt, vielleicht bin ich es, der sich an ihr wärmen muss. Sie lässt mich. Schmiegt sich an mich, samt Teddy, und Lola legt ihren Kopf auf mein Knie.

»Was?«, höre ich mich fragen. »Was können wir denn tun?«

»Warum glaubst du, dass hier Bomben einschlagen?«, fragt Lola. »Kanada ist nicht mal Kriegspartei irgendwo. Oder, wo du schon von Berlin redest, Deutschland.«

»Es schwappt herüber«, sage ich. »Alles schwappt überallhin. Was im Moment auf der Welt geschieht, ist zu groß, um irgendeinen Ort nicht zu überfluten. Noch sieht es hier gut aus. Noch. Wir leben im Land der unbegrenzten Möglichkeiten … Das waren die Vereinigten Staaten auch einmal. Nachdem sie das Land erfolgreich den Indianern weggenommen und mit der Hilfe der importierten afrikanischen Sklaven urbar gemacht hatten, aber das nur am Rande. Ich höre es noch: Wenn alles nichts hilft, gehen wir in die Staaten. Wer das nicht alles gesagt hat! Und jetzt? Ein einziges Elend. Jetzt bauen sie eine Mauer an der Grenze zu Mexiko, damit ja niemand von dort kommt und ihnen ihren Reichtum wegnimmt, weil er für sie arbeiten will. Jetzt haben sie ein großes Kind an ihrer Spitze, das Reden über die Vorteile von Waterboarding schwingt, Belgien für eine schöne Stadt hält und Muslimen untersagen will, das Land zu betreten. Aber die Staaten sind nur ein Land von vielen. Wir können zusehen, wie sie kippen, die Länder, wie Dominosteine, vor allem da drüben in Europa. Eins nach dem anderen kippt nach rechts um. Warum kippen sie, Lola, die Regierungen? Warum?«

Warum kippen die Dominosteine nach rechts, und weshalb sehnt die Masse sich nach Höhlen?

Lola schnaubt. »Sie kippen gar nicht. Nicht von selbst. Die Menschen schubsen«, sagt sie. »Es sind immer die Menschen. Alle zusammen. Die Regierung existiert nicht abgekoppelt von den Menschen, nicht in einer Demokratie.«

»Guck, guck, guck!«, ruft Hannah-Marie. »Da! Ein Wal!«

Ich nicke. Hannah-Marie sieht immer Wale im Sankt-Lorenz-Strom, seit sie gehört hat, dass es an seiner Mündung welche gibt.

»Aber warum schubsen sie?«, frage ich. »Warum wollen alle diese Menschen nach rechts? Ist das nur die Angst? Die Seifenblase, die sie verteidigen wollen? Oder ist es noch etwas anderes?«

»Die Angst, klar«, sagt Lola. »Die auch. Obwohl ich glaube, niemand hat so schreckliche Visionen von der Zukunft wie du. Die meisten Menschen, die ich kenne … die haben andere Albträume. Sie träumen, dass ihnen jemand ihren Sessel wegnimmt, ihr Sparkonto, ihren Gartenzwerg.« Sie schweigt einen Moment und denkt offenbar wehmütig an die Gartenzwerge, die sie in Deutschland apportiert hat. Sie hatte eine Vorliebe dafür, Gartenzwerge zu apportieren, wenn unsere Spaziergänge uns durch Laubensiedlungen führten. Nicht immer mit Einverständnis des Gartenzwergbesitzers.

»Die Menschen reden ja immer vom Fortschritt. Eine Weile hatten sie den. Jetzt sind sie zu weit fortgeschritten und wollen lieber wieder einen Rückschritt. Eine Weile wurde alles immer freier und schöner und liberaler.« Sie klingt weise, wenn sie so spricht, und ich nicke still, um auch ein wenig weise zu wirken. »Sie haben alles geöffnet: Grenzen, Tore, Türen, sich selbst. Aber wenn man alles aufmacht, wie bei Jacken … dann wird einem kalt. Menschen haben kein Fell, denen wird dann kalt. Sie machen sich also wieder zu. Knöpfe, Reißverschlüsse, Türen, Tore, Grenzen. Sie wollen wieder dahin zurück, wo sie hergekommen sind, in diese warme, gemütliche Sicherheit. Das ist es doch, was die sagen, die die Dominosteine nach rechts schubsen.«

»Wenn es so weitergeht, dann leben wir in zehn Jahren wieder in Höhlen und jagen mit Keulen«, sage ich. »Meinst du, dann sind die Menschen zufrieden?«

»Das wird man sehen«, sagt Lola.

»Und man muss wahrscheinlich auch verstehen,

dass den Menschen kalt wird«, sage ich. »Wenn jemand kommt und ihre Offenheit ausnutzt und Bomben auf sie wirft oder einfach um sich schießt. Wenn die Leute glauben, Allah hätte sie dazu aufgefordert, das zu tun. Klar, dass man vor solchen Verrückten Angst hat. Die Unterschiede der Kulturen sind unüberbrückbar. Das hört man doch oft. Die Unterschiede zwischen uns und denen. Ich meine, den Moslems.«

»Aber das sind doch auch Menschen, die zurückwollen!«, sagt Lola. »Es ist das Gleiche.«

»Das Gleiche? Die Islamisten und die Rechten auf der Welt sind das Gleiche?«

»Natürlich.« Lola nickt. »Die haben es bloß schon weiter zurückgeschafft als wir, sie leben fast wieder im Mittelalter. Ein Gott, der alles bestimmt, strenge Regeln, kein Widerspruch erlaubt …«

»Zwei Wale«, sagt Hannah-Marie und zeigt auf das Wasser. Dann vergräbt sie ihre Handschuhfinger in Lolas blondem Fell. Die Wale sind unsichtbar für mich, doch ich bewundere sie trotzdem.

»Die Demokratie ist also auf dem Weg in die Tonne«, sage ich.

»Möglich«, sagt Lola mit diesem weisen Gesicht. »Wenn die Leute demokratisch jemanden wählen, der die Demokratie beseitigt. Die Demokratie schafft sich sozusagen selber ab. Amerika ist ein gutes Beispiel. Die Menschen schreien immer laut, sie wollen alles mitbestimmen. Die Wahrheit ist …« Sie seufzt. »Die Wahrheit ist, sie wollen das überhaupt nicht. Diese Verantwortung. Den Zwang, sich zu informieren und nachzudenken und zu entscheiden. Sie wollen nur eines: Die Verantwortung abgeben. Jemanden haben, der ihnen ganz klar sagt, was sie zu tun haben. Ein bisschen wie die Hunde. Aber nur die dummen Hunde … Sie wollen jemanden, der für sie denkt und ihnen sagt, was sie zu denken haben, jemanden, der stark und mächtig und charismatisch ist. Dieser Türke ist so einer, und der Russe auch, wie heißt der? Irgendwas mit Hähnchen.«

»Putin?«

»Ja, richtig.« Sie schluckt, ein wenig hungrig, fasst sich aber wieder. »Das Problem der Menschen ist, dass sie die Religion schon abgeschafft haben. Es ist also kein Gott mehr da, auf den sie hören können. Also brauchen sie etwas anderes. Weißt du, was die Menschen im Grunde wollen?«

»Nein. Was?«

»Friedlich über dem Sankt-Lorenz-Strom stehen und aufs Wasser gucken und sich Gedanken darüber machen, wie schön es sein wird, wenn ihre Töchter erwachsen sind.«

Ich hole Luft, um zu widersprechen. Aber sie hat recht. Das ist es, was die Menschen wollen. In Ruhe gelassen werden.

»Nein«, sage ich. »Ich … verdammt, ich nehme das zurück. Ich will nicht nur hier stehen. Es wäre bequemer, es zu wollen, aber … ich will nicht so ein Mensch sein. Ich will etwas tun. Etwas dafür, dass die Seifenblase eine Seifenblase bleibt. Dass es hier auch noch schön ist, wenn Hannah-Marie erwachsen ist. Dass wir unseren Frieden behalten.«

»Das ist vielleicht so ein Grundproblem«, sagt Lola. »Die Menschen glauben, Frieden wäre ein Normalzustand und Krieg wäre das, was ihn stört.«

»Und?«

»Das ist falsch, natürlich. Braten ist ja auch nicht der Normalzustand. Um an Braten zu kommen, muss man etwas tun. Auf den Tisch springen, zum Beispiel. So ist es mit dem Frieden auch.«

»Ich muss auf den Tisch springen, um …?«

Sie nickt. »Frieden ist nicht die Abwesenheit von Krieg. Frieden ist eine Errungenschaft, um die man sich bemühen und die man täglich wiederherstellen muss. Nicht zu schießen schafft noch keinen Frieden.«

»Frieden ist nicht die Abwesenheit von Krieg«, murmle ich. »Darf ich das zitieren? In irgendeinem Buch?«

»Tust du ja sowieso.« Lola schließt die Augen, während Hannah-Marie sie streichelt.

Muss man auf den Tisch springen, um den Frieden zu finden?

»Drei Wale«, sagt sie. »Da! Jetzt nach Hause? Zu Mama? Is kalt.«

Ich stehe auf und hebe Hannah-Marie auf meine Schultern, und sie juchzt. Wie seltsam, ich habe ein herzkrankes Kind bekommen, nachdem ich ein Buch über einen Krieg geschrieben habe und über den Beginn des Zerfalls unserer Welt. Auch die Welt ist herzkrank.

Die Leute, die ihre Gartenzwerge und ihr Sparkonto schützen wollen und ihre Herzen zumachen, weil sie sonst frieren. Die ihre Herzen zumachen gegenüber denen, die tatsächlich erfrieren. Verhungern. Sterben.

Aber Hannah-Marie juchzt, und ihre Wangen sind rot.

»Vielleicht gibt es noch Hoffnung«, murmle ich. »Wenn die Leute begreifen, dass sie etwas tun müssen. Dass sie … auf den Tisch springen müssen, um den Frieden zurückzuholen. Wenn wir unseren Nachfolgern eine Welt hinterlassen wollen, die irgendwie funktioniert, müssen wir … was müssen wir denn?«

»Frag doch die Nachfolger«, sagt Lola und schüttelt sich den feinen Schnee aus dem Fell, der jetzt auf uns niedersinkt. »Frag die jungen Leute. Das sind doch nicht nur irgendwelche, wie heißt das so schön, irgendwelche User, die die Welt hinterlassen bekommen und darin herumlaufen. Die werden doch selber was damit machen. Die machen die Politik von morgen. Ihr habt vielleicht schon verloren, keine Ahnung.«

»Die Generation Gartenzwerg ist tot?«

»Ein bisschen tot, ja. Seelisch. Aber die nächste Generation kommt.«

»Das ist die Generation Z. Die angeblich noch mehr auf den eigenen Vorteil bedacht ist und noch weniger auf ihre Umgebung als alle zuvor.«

»Das muss sich noch zeigen«, sagt Lola. »Und nach Z kommt wieder A. Die Generation Anfang. Oder Anchovi.« Sie leckt sich die Lippen.

Ich nicke. »Das klingt nach Hoffnung. Aber können sie es schaffen? Sie brauchen sehr viel Mut. Wir werden ihnen die Welt in Scherben hinterlassen. Zerrissen von Hass und Intoleranz, ein Bündel, verschnürt mit den Fesseln unserer Angst. Wie können sie wissen, was richtig ist? Wie können sie ihren Weg finden? All das … hier … all das Schöne …« Ich stocke. »Werden sie es überhaupt sehen? Oder wird es verschüttet sein?«

»Man kann es doch wieder ausgraben«, sagt Lola. Natürlich sagt sie das, hätte ich mir denken können: Sie ist ein Hund.

»Ich wünschte, ich könnte ihnen helfen«, sage ich. »Den jungen Leuten. Irgendwie. Man kann doch nicht die Welt bei ihnen abgeben, aufmunternd lächeln … Macht mal! Und dann still beiseitetreten. Ich meine, ich schreibe Texte, aber was nutzt denn das? Als ich noch mit jungen Leuten gearbeitet habe, damals in Deutschland, da hat so ein Mädchen – dreizehn, stark geschminkt, durchgepierct, eine Kettenraucherin mit großen Kinderaugen –, da hat dieses Mädchen zu mir gesagt, ich wäre ein harmoniesüchtiger alter Knacker. Es war als Kompliment gedacht. Da sitzt der harmoniesüchtige alte Knacker also hier herum und schreibt Liebesgeschichten, geht mit seinem Hund spazieren, irgendwo über dem großen Strom. Und anderswo passiert alles. Kriege, Völkerwanderungen, Katastrophen. Die Welt hat ein Flüchtlingsproblem, und ich bin aus der Welt geflohen. Mehr oder weniger. Man kommt sich doch ein bisschen armselig vor. Ich wünschte, ich könnte etwas tun. Ich wünschte, ich wüsste, was. Welches ist der richtige Weg?«

Welches ist der richtige Weg?

»Da!«, sagt Hannah-Marie und streckt ihren Arm aus. Sie meint den Weg zurück zum Auto, nach Hause. »Da lang.«

»Danke«, sage ich. Wenn Hannah-Marie den Weg in ihre eigene, in eine bessere Zukunft weiß, ist alles erträglich. Aber noch muss ich sie bei den langen Strecken tragen.

»Du gehst richtig, Papa«, sagt sie großzügig.

»Selbst wenn, ich bin nur einer«, sage ich. »Was kann einer schon tun? Wenn ein Papa den richtigen Weg geht, was nutzt das?«

»Ein Papa reicht«, sagt Hannah-Marie zuversichtlich.

Lola läuft hechelnd voraus. Eine Familie mit Kinderwagen wandert vor uns durchs stärker werdende Schneetreiben. Sie trägt Kopftuch, er eine Wollmütze. Er schiebt.

»Guck, noch ein Papa«, sagt Hannah-Marie. »Geht auch richtig.«

Als wir die Familie überholen, nicken wir uns zu. Lächeln. Ein Lächeln von Papa zu Papa. Die Mama unter dem Kopftuch sieht müde und sehr hübsch aus, und sie lächelt auch, ganz kurz und schüchtern.

Hannah-Marie singt, ohne Worte, auf meinen Schultern.

Im Sankt-Lorenz-Strom schwimmen drei unsichtbare Wale.

Das zweite Gespräch

Lisa, der Fun-Faktor und die Droge Menschlichkeit

»Gibt es noch einen Weg, all das zu retten?«

Diesmal ist es der dunkelgrüne Wald an den Ufern, den meine Hand mit ihrer weit ausholenden Bewegung einfängt, der Montmorency-Fall, der nicht weit vor uns in die Tiefe stürzt, eisig jetzt, erstarrt, ein paar Gänse im blau-roséfarbenen Winterlicht am Mittagshimmel, und wieder, und immer, der Strom. Das Wasser, verborgen unter dem Eis. Alles Wasser auf der Welt ist auf irgendeine Weise verbunden, selbst die Seen, im ewigen Kreislauf von Verdunstung und Regen, und so ist auch dieser Strom mehr als nur der Sankt-Lorenz-Strom. Dies ist der Strom allen Wassers unseres Globus, ist Gletscher und ewiges Eis, ist wertvolles flüssiges Leben, das anderenorts durch sein Fehlen immer mehr Katastrophen auslöst, ist noch nicht verseuchter Regen, ist noch nicht überfischte See, ist noch eine letzte Hoffnung.

»Gibt es noch einen Weg, all das zu retten?«

Diesmal ist es nicht Lola, der ich die Frage stelle, es ist Lisa, Lisa aus Leipzig, das Au-pair-Mädchen unserer Bekannten, seit zwei Monaten in Québec. Lisa, Zurückstreicherin halblangen blonden Haars, Lisa, Trägerin einer geliehenen, sehr viel zu großen Outdoorjacke, da ihre eigene, schicke, nicht für das Wetter geeignet ist, Lisa, Bäckerin von Weihnachtskeksen, Betreuerin von Freunden meiner Söhne, Lisa, in die Aaron angeblich verliebt ist. Sie ist schüchtern, jedoch schon aufgetaut, auch Lisa schmilzt ab, wie die Pole. Das Winterlicht leuchtet in ihrem Gesicht.

Wir sind alleine hier, und sie streicht die Haare zurück wie immer, zurück unter die rote Wollmütze, und sie fragt nicht, wie Lola, was denn zu retten sei. Sie fragt, unsicher, mit einem irgendwie entschuldigenden Lächeln: »Für wen? Für uns? Ich fühle mich nicht unbedingt berufen, die Welt zu retten. Du?«

»Hm«, sage ich.

»Ich meine, warum fragst du das?« Es ist ihr sichtlich unangenehm, sie schüttelt den Kopf, macht mit dem Stiefel Spuren in den Schnee auf unserem Wanderweg. Lola läuft voraus, wie immer.

Lisa wollte den Montmorency-Fall sehen und den berühmten Zuckerhut, den Eishügel, zu dem die Gischt an seinem Fuß gefriert, jetzt, wo hier alles aus Eis besteht und Bewegung nur noch unter der Oberfläche stattfindet, im Verborgenen. Sie wollte mit all den anderen über die Brücke gehen, hoch über dem Wasserfall, und ein Selfie davon nach Hause schicken.

Sie wollte nicht, dass jemand ihr Fragen zur Weltrettung stellt. Vielleicht wünscht sie sich jetzt, sie wäre in der Wärme ihres Au-pair-Mädchen-Zimmers geblieben, in der Sicherheit zwischen den Wänden, dem Computer und ihrem Bett. Sie hat heute frei, »ihre« Jungs sind mit unseren Jungs im Schnee unterwegs.

Ich habe noch mehr Fragen, auf einem Zettel in meiner Tasche. Ich habe sie aufgeschrieben, nach meinem Gespräch mit Lola, das schon eine Weile zurückliegt. Weil ich sie zur Abwechslung jemandem stellen will, der wirklich antworten kann, anders als mein weiser Hund, in dessen Augen ich die Antwort doch immer nur auf abstrakte Weise lese. Einem unserer Hoffnungsträger: einer Vertreterin, sozusagen, der jungen Leute. Und dazu noch jemandem, der irgendwie mitten drin steckt in allem, in diesem Europa, in dieser Zerrissenheit, in dieser Krisenzeit, in diesem Land, das bald wählen wird.

Und wir waren auf der Brücke, und wir waren unten auf dem Eis, beim Zuckerhut, für das Selfie. Doch nun ist es Zeit für meinen Zettel.

»Ich meine, ich bin achtzehn«, sagt Lisa. »Was kann ich denn bitte tun? Ich bin ein Niemand.«

»Auf mich wirkst du eher wie ein Jemand«, sage ich, während wir weitergehen, Lola nach, durch den wunderschönen Wintertag. Die Gänse haben sich davongemacht. Da wir Hannah-Marie nicht mitgenommen haben, sind auch keine Wale da.

»Ich würde dich gerne ein paar Dinge fragen.« Ich hole den Zettel aus der Tasche. »Nimm es mir nicht übel.«

»Schreibst du die Antworten auf?«, fragt sie, auf der Hut, verbal fluchtbereit. »Ich meine, ist das eine Art Interview? Oder warum willst du Dinge fragen?«

»Weil ich sie wissen will«, antworte ich wahrheitsgemäß.

»Sonst stellen Erwachsene meistens Fragen, weil sie die Dinge schon wissen«, sagt Lisa. »Weil sie prüfen wollen, ob man sie auch weiß.«

»Ich bin nicht dein Abiturprüfer.« Ich lache, selbst ein wenig verunsichert. Ich wusste nicht, dass es so schwierig sein würde, Fragen zu stellen. Aber es liegt vielleicht eine tiefere Wahrheit darin: Die Menschen fühlen sich angegriffen, wenn man sie fragt. Sie winkeln mental die Arme an und gehen in Abwehrhaltung. Ist auch das ein Phänomen unserer Zeit?

»Ich weiß eine Menge Dinge nicht«, sage ich. »Und ich mache mir Sorgen. Ehrlich gesagt mache ich mir ziemlich viele Sorgen. Ich habe versucht, mit Lola zu sprechen. Darüber, was passiert, mit der Welt. Warum alles sich im Moment in eine bestimmte Richtung ändert, die mir Angst macht. Darüber, dass wir der Generation nach uns eine Welt hinterlassen, die aus den Fugen geraten ist. Und Lola hat vorgeschlagen, diese Generation selbst zu fragen. Also dich.«

»Hat sie das.« Lisa lächelt, streichelt Lola, die herangestürmt kommt und wieder davonstürmt.

»Es ist so ein schöner Tag«, sagt Lisa. »Und ich habe frei. Warum müssen wir über die Welt und ihre Probleme reden?«

»Bitte«, sage ich. Ich komme mir blöd vor. Ich bin

ein harmoniesüchtiger alter Knacker, es ist wahrscheinlich wahr.

»Okay«, sagt Lisa. Ich sehe sie schlucken. Sie fürchtet sich vor meinen Fragen. Auch das ist eine Antwort, auch das sagt etwas aus über ihre Generation, von der Lola glaubt, sie würde die Sache schon in die Hand nehmen. Ich würde sie gerne schütteln, diese junge Frau neben mir, ich würde gerne in ihr Gesicht rufen: Du darfst keine Angst haben, du und die anderen Leute in deinem Alter, sonst kriege ich noch mehr Angst! So viel Angst, dass ich es nicht mehr aushalte!

Ich schüttle sie nicht, ich lese die Fragen auf meinem Zettel.

»Toleranz«, sage ich. »Das vielleicht als Erstes. Was ist für dich Toleranz? Diese Frage ist wichtig. Was ist Toleranz, und wo hört sie auf?«

Lisa denkt eine ganze Weile nach. Sie ist nicht dumm. Wenn sie dumm wäre, würde sie sofort antworten. Und sie überrascht mich.

Was ist Toleranz, und wo hört sie auf?

»Kann Toleranz aufhören?«, fragt sie zurück. »Zeitlich vielleicht. Irgendwann hören Leute auf, tolerant zu sein. Wenn es ihnen reicht. Aber dann ist ja die Toleranz nicht mehr vorhanden. Solange jemand tolerant ist, hört das nirgendwo auf. Man kriegt das ja immer gesagt, dass man tolerant sein soll. Gegenüber allen. Homosexuellen, Behinderten, Frauen, Tieren, Schwarzen, Verrückten, Zeugen Jehovas ...«

»Interessante Auflistung«, murmle ich, aber sehr leise.

»Man lernt das schon in der ersten Klasse«, sagt Lisa. »Und ehrlich gesagt nervt es irgendwann. Genau wie die ganze Nazi-Sache. Irgendwann hat man das so oft vorgebetet bekommen, dass es einem zu den Ohren wieder rauskommt. Warum müssen immer die Deutschen schuld sein? Warum müssen immer die Deutschen besonders tolerant sein? Ich kann persönlich nichts für den Zweiten Weltkrieg, oder? Ich muss mich nicht bei denen von damals entschuldigen. Das ist ein blödes Erbe, ehrlich. Ich glaube nicht, dass es die Leute toleranter macht. Weil, genervte Leute sind doch eher weniger tolerant. Immer sollen wir die Guten sein.«

Sie merkt, dass sie ziemlich viel auf einmal gesagt hat, ihre Wangen sind ein bisschen rot geworden, und sie schweigt einen Moment. »Ich meine das nicht so, wie sich das anhört«, sagt sie ganz leise. »Ich meine, von wegen Toleranz … Mir ist das zum Beispiel echt egal, ob jemand ein Kopftuch trägt oder eine Burka oder einen Bikini, solange er nett ist. Nur, wenn jetzt jemand hingeht und sagt, ich müsste das auch machen, da hört es dann auf. Wenn irgendwelche Jungs finden, ich dürfte nicht im T-Shirt rumlaufen im Sommer, weil das zu sexy ist. Wenn sie mich dann anstarren, da kriege ich manchmal auch Angst.«

»Sind da viele, die dich anstarren?«

»Na ja. Nicht so viele. Manchmal. An Bushaltestellen oder so.«

»Ich würde mich als Frau ja freuen.«

»Du warst auch noch nie eine Frau«, sagt Lisa. »Also, was ich meine … Die, die zu uns kommen, die müssen sich auch anpassen. Die müssen auch tolerant sein.«

»Was gehört denn alles dazu, sich anzupassen?«

»Na, alles. If you're in Rome, do as the Romans.«

»Wenn du zum Beispiel in Saudi-Arabien leben würdest, würdest du dich vollverschleiern und nie mehr Weihnachten feiern?«

»Nein, natürlich nicht. Gewisse Bräuche kann man ja beibehalten. Die Religion und so. Ehrlich, das ist schwer zu verstehen für mich, wieso man an der Religion so hängt, ich bin nicht religiös. Bei religiösen Christen ist es vielleicht auch so, die müssen dann eben vor dem Essen beten, damit sie glücklich sind.« Sie lacht. »Aber okay, Bräuche wie Weihnachten, oder Anziehsachen, das verstehe ich schon. Wobei, die Frauen. Meinst du nicht, die würden lieber ohne Kopftuch herumlaufen? Die meisten dürfen das einfach nicht, wegen der Männer. Die Männer sind überhaupt das Grundproblem.« Sie lacht wieder, sieht mich von der Seite an.

»Natürlich«, sage ich mit einem Lächeln. »Aber wie kann man das lösen? Das wäre auch so eine Frage. Wie kann man das Grundproblem der Männer lösen, die glauben, die Frauen müssten ein Kopftuch tragen? Wenn man plötzlich verbietet, dass Frauen mit Kopftüchern auf die Straße gehen, bleiben die Frauen eben ganz zu Hause. Und was sie zu Hause anziehen, kann man ihnen nicht verbieten. Oder wie sie beten, zu wem, oder wann.«

»Ja, nein«, sagt Lisa. »Man muss die Leute daran gewöhnen, dass bei uns andere Dinge normal sind. Vielleicht … Vielleicht braucht das alles einfach Zeit. Vielleicht kann man nicht erwarten, dass es sofort funktioniert. Wenn die Muslime sehen, dass wir auch nicht alle dauernd mit jedem ins Bett steigen oder sonst irgendwie verrückt sind, dann ist das Kopftuch und all diese Sachen … dann ist das vielleicht irgendwann überflüssig.«

Warum Kopftücher und Rastalocken ein Zeitproblem sind

»Und was ist mit denen, die es wirklich tragen möchten? Weil sie es schön finden? Oder weil sie sich besser fühlen damit? Was soll man mit denen tun?«

Lisa denkt wieder eine Weile nach. »Ich kenne Leute, die verrücktere Sachen tragen. Rastalocken mit den merkwürdigsten Verzierungen. Oder komische alte Hüte. Oder Leute, die das ganze Jahr barfuß gehen, auch im Winter. Ich meine, das ist dann eben so. Das braucht auch Zeit. Zeit für die normalen Leute, sich daran zu gewöhnen. An Kopftücher gewöhnen sich die Leute auch mit der Zeit. In den großen Städten im Westen haben sie sich schon dran gewöhnt, nehme ich an.«

Ich nicke.

»Wenn alles ein Zeitfaktor ist … Dann ist das Problem, dass die Zeit uns davonläuft. Wir haben sie nicht. Nicht genug davon. Die Leute, die alles hassen, was anders ist, verändern die Welt so rasch, dass wir nicht nachkommen damit, uns zu gewöhnen und tolerant zu sein.«

»Und jetzt fragst du, wie man das lösen kann.«

»Ja.«

»Man müsste die Hasser langsamer machen.«

»Aber ich habe das Gefühl, sie werden immer schneller! Sie bringen ein Land nach dem anderen dazu, ihnen Zugeständnisse zu machen. Zu verhandeln. Und am Ende alles so zu machen, wie sie wollen. Ist das denn aufhaltbar?«

»Wenn man nicht mehr mit den Leuten verhandelt, das geht ja auch nicht.« Lisa legt den Kopf schief. »Und Zugeständnisse sind eigentlich gut, damit die Leute sich verstanden fühlen. Damit sie nicht mehr meckern. Oder?«

»Ich weiß nicht. Es ist wie mit Kindern. Die, die lauter quengeln, kriegen am Ende, was sie haben wollen, nur damit sie den Mund halten, und den anderen Kindern, die sich gut benehmen, sagt man: Du musst das jetzt verstehen.«

»Kenn ich.« Lisa grinst. »Die Welt ist also sozusagen ein Au-pair-Mädchen.«

»Aber warum meckern die Leute in unseren gut gefütterten Wohlstandsgesellschaften eigentlich so viel, was denkst du? Obwohl sie so gut wie alles haben? Womit sind sie so unzufrieden, und warum haben sie solche Angst vor Leuten, die ihnen etwas wegnehmen?«

Vom Unglück derer, die alles haben

»Na, es sind ja nicht alle so gut gefüttert und reich«, sagt Lisa. »Es gibt schon auch eine Menge Leute, die wenig haben. Die laufen natürlich dem nach, der ihnen am meisten verspricht.«

Ich nicke. »Die verstehe ich ja. Aber es gibt eine breite Mitte, nicht nur in Deutschland, die viel hat und keinen Mangel leidet und die trotzdem meckert. Und trotzdem Angst hat, jemand könnte ihr etwas wegnehmen. Lola nennt sie die Gartenzwergbeschützer. Ich habe nie Angst gehabt, jemand könnte mir etwas wegnehmen.«

»Du hast ja auch keinen Gartenzwerg.« Lisa grinst wieder.

»Ja, das ist wahr. Meinst du, ich würde zu einem Angstmenschen, wenn ich mir einen Gartenzwerg anschaffen würde?«

»Ich glaube nicht.« Sie kichert jetzt. »Auch Leute ohne Gartenzwerge haben Angst, und es gibt sehr mutige Leute mit Gartenzwergen. Meinen Opa zum Beispiel. Der hat in seiner Laube eine Sammlung von zweiundzwanzig Gartenzwergen, ungelogen, und er hat weder Angst vor dem Kampfhund in der Laube nebenan noch vor dem seltsamen Afrikaner, der bei ihm durch die Straße rennt und singt. Er hat ihn mal zum Tee eingeladen.«

»Den Hund oder den Afrikaner?«

»Vielleicht beide. Nein, den Afrikaner. Und er hat fast kein Wort von dem verstanden, was der Afrikaner gesagt hat, aber er meinte, sie hätten sich prächtig unterhalten, und er will ihm im Frühjahr zeigen, wie die Krokusse wachsen in der Laube, und dann, wie man Erdbeeren erntet. Mein Opa ist eine ziemliche Nummer.«

»Und warum sind nun die Leute unglücklich? Die, die genug haben? Woher kommt diese verdammte Angst davor, etwas teilen zu müssen?«

»Ich glaube«, sagt sie, »sie haben nicht genug. Etwas fehlt ihnen. Nur ist es nicht das, was sie denken. Es ist nichts … was man anfassen kann. Es ist etwas Abstraktes, und weil sie es selbst nicht verstehen und ihm keinen Namen geben können, projizieren sie ihre Unzufriedenheit auf etwas anderes. Darauf, dass ihnen die Miete zu hoch ist. Oder die Straßenbahn zu dreckig. Und die Ausländer zu viele.«

»Aber was ist das Abstrakte, was ihnen fehlt?«

»Ein ... ein Sinn? Eine Aufgabe? Eine Art ... Glauben? Früher war alles einfach. Ganz früher, meine ich. Da hatten die Leute einen Gott, es war ihr Lebenssinn, möglichst gottesfürchtig zu leben, alles richtig zu machen. Und sie mussten sich darum kümmern, genug zu essen zu haben, ihre Kinder zu versorgen, all das. Das Leben war einfach härter. Die Leute hatten wahrscheinlich gar keine Zeit, sich viele Gedanken über den Sinn des Lebens zu machen. Aber jetzt, jetzt sitzen sie da und haben eigentlich alles, und plötzlich hängen sie in der Luft. Dann sucht man etwas, um die Leere auszufüllen. Man versucht, sage ich mal, Spaß zu haben. Man beurteilt alles nach seinem Fun-Faktor. Ehe ich rumsitze und mir eine Blase an den Kopf denke, gehe ich raus und fahre Snowboard oder gehe tanzen oder joggen oder was weiß ich.«

Mir fällt auf, dass »die Leute« sich auf einmal in ein »ich« verwandelt haben. Sie scheint es nicht zu merken.

Sie ist ernst geworden.

»Der Fun-Faktor ist in gewisser Weise also ein Traurigkeitsfaktor«, sagt sie. »Je trauriger du bist, desto mehr Fun brauchst du, um die Traurigkeit zu vertreiben. Zu … überstreichen. Sie ist dann nicht weg, sie wird nur überdeckt, nehme ich an. Die Leere. Die Sinnlosigkeit. Vielleicht auch …« Wieder so ein Haarezurückstreichen. Sie sieht zum Wald am gegenüberliegenden Ufer, der dunkelgrün und undurchdringlich aussieht, und seufzt. »Vielleicht auch die Hilflosigkeit. Man ist doch hilflos, oder? Klein. Alles geht kaputt auf der Welt, es stimmt ja.«

»Aber man könnte doch auch einfach etwas tun, was einen Sinn hat«, sage ich.

»Einfach? Was denn?« In ihren Augen, die hübsch sind und tiefblau, blitzt die Frage wie ein Dolch. Es ist gar keine Frage, mehr eine Anklage. So weit sind wir gekommen auf unserem Spaziergang, und der Strom fließt noch immer genauso unter uns vorüber wie vorher, als kümmerte es ihn nicht.

»Na, nimm die Flüchtlingsströme, die unsere ganze politische Landschaft zum Kippen bringen. Du hast gesagt, sie müssen gewisse Dinge tun, um sich anzupassen. Sitten beachten. Aber Sitten muss man lernen. Genau wie die Sprache. Sprache ist ein großes Ding. Ich habe dieses Buch geschrieben, das du kennst, und meine Heldin spricht durch einen Zufall deutsch. Aber das ist nicht der Regelfall und eher unwahrscheinlich. Vieles krankt doch gerade an der Sprache. Wer sich nicht versteht, versteht sich falsch. Wir haben zu wenig Sprachlehrer.«

»Wir?«

»Deutschland. Europa. Die Welt. Aber man muss kein Sprachlehrer sein, um mit Menschen zu sprechen. Und es ist ja mehr als Sprache. Das bringt mich zu einer anderen Frage auf meinem Zettel … Was würdest du dir wünschen, wenn du selbst in einem völlig fremden Land ankämst?«

»Bin ich. Hier.« Sie lacht wieder. »Ich würde mir wünschen, dass jemand mich mitnimmt und mir einen Wasserfall zeigt. Dass mir jemand alles erklärt. Den Alltag. Meine Familie ist wunderbar, ich habe so viel von ihnen gelernt, aber ab und zu stoße ich immer noch auf Sachen, die ich nicht begreife oder falsch mache, weil ich gar nicht darauf komme, dass sie hier anders sein könnten als zu Hause.«

»Geht mir auch so«, sage ich. »Jemand muss die Leute an der Hand nehmen und ihnen zeigen, wie die Welt funktioniert, in der sie plötzlich leben. Integration braucht Integratoren.«

»Aber keine Lehrer«, meint Lisa, auf einmal eifrig. »Jedenfalls nicht nur. Theorien in Klassenzimmern sind ganz hübsch, nur haben sie mit dem richtigen Leben nichts zu tun. Mein Schulenglisch … vergiss es. Die Kurse vor dem Au-pair-Jahr … na ja. Schwimmen lernt man erst im Wasser und Fahren erst am Steuer, sagt man doch so. Kontakt. Ich glaube, das Zauberwort ist Kontakt. Die Leute, die fremd sind, brauchen Kontakte. Ganz normale Kontakte. Einfach … Menschen.«

»Wären wir da nicht wieder bei den Leuten, denen ein Sinn fehlt? Könnte das nicht einer sein?«

»Werden Sie Integrator!«, sagt Lisa mit Lautsprecherstimme. »Finden Sie jetzt Ihren Lebenssinn! Na ja.« Sie grinst wieder. »Fragt sich dann, wie hoch der Fun-Faktor dabei ist.«

Vom Fun-Faktor der Integration

»Könnte sogar ganz gut sein.« Ich zucke die Schultern. »Man muss ja nicht zusammen auf einer Bank sitzen, gegen eine graue Wand starren und über Politik reden.

Man kann ja andere Dinge tun. Ich als langweiliger, harmoniesüchtiger alter Knacker würde sagen, man könnte zusammen kochen. Oder zusammen Karten spielen. Oder sich zweisprachige Filme ansehen.«

»Musik machen«, sagt Lisa. »Tanzen. Laufen gehen. Oder klettern. Oder überhaupt, Sport.«

»Die meisten Flüchtlinge, die ich kennengelernt habe, sind im Fußballverein. Das scheint zu klappen.«

»Aber wie fängt der Kontakt denn an? Ich kann doch nicht auf der Straße zu einer beliebigen Familie mit Kopftuchfrauen gehen und sagen: Los, wir joggen jetzt zusammen, und morgen machen wir eine Party.«

»Warum nicht?«

»Haha. Weil die Kopftuchfrauen dann in fließendem Bayrisch antworten, sie wären Touristen aus München und es wäre doch echt komisch, was die Leipziger so für Ideen hätten. Nein, im Ernst: Wie kommt man denn an die Leute ran? Das ist es doch, wovor die meisten Angst haben. Diese … na ja, Hürde zu überwinden. Den ersten Schritt zu gehen.«

»Die Leute haben Angst vor Fremden. Die Flüchtlinge übrigens noch mehr. Die sitzen in ihren zugewiesenen Wohnungen und fürchten sich davor, hinauszugehen in diese neue Welt, in der sie da gelandet sind. Jedenfalls viele von denen, die ich kennengelernt habe. Sie bringen ja oft auch einen ganzen Packen zusätzlicher Ängste mit, weil sie zu Hause oder auf der Flucht Angst einflößende Dinge erlebt haben. Und dann ist da diese Urangst vor dem Anderen. Dem Unbekannten. Vor dem, der nicht aussieht, nicht spricht, nicht riecht wie wir. Woher kommt diese verdammte Angst?«

Lisa zuckt die Schultern und streichelt Lola, die zu uns zurückgelaufen ist.

»Ich glaube, die ist immer schon da. Die Urangst. War früher mal sinnvoll, in der Steinzeit oder so. Man kann sie nicht ausschalten.«

»Aber wie kann man ihr dann begegnen?«

Sie holt tief Luft. »Ignorieren. Trotzdem springen. Ich bin hier, oder? In einem fremden Land. Und ich bin kein besonders mutiger Mensch.«

»Es gibt hier ja auch ein Au-pair-Programm. Kurse. Hilfen. Internetseiten. Und du bist nicht gerade in den Iran gegangen.«

»Okay, aber immerhin. Es ist ein Anfang. Du bist auch nicht in den Iran gegangen. Du hast eine Kanadierin geheiratet, keine Araberin oder Chinesin oder Schwarzafrikanerin. Du hast auch Angst vor Fremden.«

Ich nicke. »Natürlich. Ganz gewaltig.«

»Menschen wie uns muss man vielleicht schubsen, damit sie springen. Es gibt ein paar wenige mutige, der Rest braucht den Schubs. Auch zur Integration.« Sie denkt eine Weile über ihre eigenen Worte nach. Darüber, was sie bedeuten. »Man könnte eine Art Paten-Programm entwickeln. Jede ausländische Familie bekommt einen Paten zugeteilt. Wie bei einem Schüleraustausch. Sie müssen sich am Anfang alle treffen, in einer großen Gruppe pro … pro Asylantenheim? Pro Stadtteil? Pro zehn Familien? Und es gibt was zu essen und Vorschläge, was man zusammen tun kann, und … einen Film oder so …« Sie strahlt jetzt, aber irgendwie nur heimlich. »Wenn man mal drüber nachdenkt, hat es direkt auch einen Fun-Faktor. Und wenn man dann jemandem hilft … dann sehen die Leute, dass sie keine Angst haben müssen. Dass das ganz schön ist.«

»Helfen kann süchtig machen. Hattest du das schon mal?«

»Als Erlebnis? Klar. Nicht so oft. Ich bin eher schüchtern, wie gesagt. Da war dieses kleine Mädchen am Bahnhof in Leipzig. Sie stand vor einem Fahrkartenautomaten und versuchte, da ein Ticket rauszuziehen. Der Rest der Familie, mit tausend Koffern und Taschen, saß auf einer Bank und sah furchtbar müde aus. Ich habe mir das eine Weile angeguckt, dann bin ich hin und habe gefragt, was los ist. Das Mädchen hatte einen Ausdruck vom Bahnservice, sie sollten in einen Ort fahren, wo es einen Platz für sie gab, in einem Heim, ich hab vergessen, wie der Ort hieß. Das war vor einem Jahr, als so wahnsinnig viele ankamen. Jetzt ist es ja nicht mehr so. Manchmal frage ich mich, ob jetzt weniger Leute fliehen. Oder wo die alle sind.«

»Im Mittelmeer«, sage ich. »Anderes Thema. Was war mit dem Mädchen?«

»Sie stand vor dem völlig falschen Automaten, dem für Nahverkehr. Ich habe sie zum richtigen gebracht, und dann haben wir zusammen das Ticket gezogen, und sie hat mich die ganze Zeit angestarrt wie eine Erscheinung, sie hatte große grüne Augen wie das Mädchen auf diesem National-Geographic-Bild oder was, das aus Afghanistan, kennst du sicher. Sie konnte ein paar Worte Deutsch, die hat sie gesagt, danke und gut und Margarine, keine Ahnung, warum ausgerechnet Margarine. Irgendwie hätten die das Ticket umsonst bekommen sollen, nehme ich an, aber ich wusste nicht, wie man das am Automaten macht, und außerdem gingen da nur Regionalzüge, das stand auf dem Ausdruck, und sie hätten die ganze Nacht warten müssen. Es war kalt. Und sie sahen so fertig aus. Die Kleine war die Einzige der Familie, die überhaupt noch den Ehrgeiz entwickelt hat, es zu versuchen, die anderen waren einfach zu k. o., glaube ich. Sie war cool, eine wirklich energische kleine Person, vielleicht elf oder zwölf. Na ja, am Ende habe ich das Ticket bezahlt. IC. Echt viel Geld. Ich dachte, vielleicht krieg ich es von meinen Eltern wieder, vielleicht auch nicht, und ich habe ihnen noch geholfen, die Sachen auf den richtigen Bahnsteig zu schleppen. Und komisch, weißt du, als ich gegangen bin und sie gewinkt haben, da habe ich mir kurz gewünscht, ich wäre reich. Damit ich hingehen und allen möglichen Leuten Tickets kaufen kann. Es war so ein komisches Gefühl. Wie betrunken, nur ohne die Aussicht auf einen Kater.«

»Hut ab.«

»Na ja, ich ... ich hab das Geld wirklich von meinen Eltern zurückbekommen. Und das kann ja nicht jeder machen. Mit dem Geld.«

»Ich glaube, darum geht es nicht«, sage ich. »Es gibt tausend Arten von Hilfe, die nichts kosten. Allein schon die Information, welches der richtige Bahnsteig ist. Es geht darum, dass du dich getraut hast, mit dem Mädchen zu sprechen. Zu springen, wie du es nennst. Ins kalte Wasser. Über deinen Schatten. Über den Fun-Faktor.«

»Das Blöde ist, dass man sich hinterher fast dafür entschuldigen muss. Wenn man das erzählt. Das Geld hätte doch theoretisch irgendeine Behörde zahlen müssen, denen hab ich das geschenkt. Und die Deutschen haben sowieso einen zu guten Ruf. Deshalb kommen die Leute ja, weil wir den Ruf haben, dass wir blöd genug sind, um zu helfen.«

»Das hast du dir anhören müssen? Leute, die das sagen ...«

»Sind dumm?«

»Nein. Haben die Droge Helfen noch nicht ausprobiert. Wenn die wüssten. Koks ist teurer. Und viel weniger nachhaltig. Helfen wirkt noch Jahre später nach, immer dann, wenn man sich daran erinnert. Aber wann haben Werte wie Toleranz und Hilfsbereitschaft aufgehört, als Werte zu existieren? Seit wann muss man sich dafür entschuldigen, dass man etwas tut, das einem nichts bringt? Gab es einen bestimmten Punkt, an dem Mitgefühl einfach out war?«

Ist Mitgefühl out?

»Hm. Früher war es natürlich einfach«, sagt Lisa. »Die Leute haben ans Paradies geglaubt und an das Jüngste Gericht, und wenn man im Diesseits genügend Punkte gesammelt hat, erhielt man seine Eintrittskarte für eine Ewigkeit zwischen blühenden Bäumen oder, wahlweise, auf weißen Wölkchen. Liebe deinen Nächsten und so weiter. Und Punkte sammeln Menschen immer gerne. Nur existiert das Punktesystem heutzutage nicht mehr. Keiner glaubt mehr an ein Jenseits.«

»Mit dem Beginn der Aufklärung starb also die Menschlichkeit.«

»Na ja, so krass würde ich es nicht formulieren. Aber eigentlich … ja. Daraus, dass es kein

Jenseits gibt, ergeben sich zwei Tatsachen. Erstens: Wir wollen alles, was man haben kann, in diesem Leben haben. Zweitens: Wir brauchen niemand anderem zu helfen, da wir ohnehin keine Punkte sammeln können. Also raffen wir hier so viel wie möglich an uns. Dinge. Geld.«

»Wir brauchen eine neue Aufklärung«, sage ich und erhebe die Hand mit einem unsichtbaren Mikrofon darin. »Es darf nicht länger verheimlicht werden, wie viel Adrenalin der Körper ausschüttet, wenn man jemandem geholfen hat.«

»Möglicherweise müsste es verboten werden. Dann würde es noch mehr Spaß machen.«

Wir lachen wieder, diesmal zusammen, befreit.

Doch dann sehe ich auf meinen Zettel. Es stehen zu viele Fragen darauf, viel zu viele, ich werde niemals alle stellen können und sicherlich nicht auf alle eine Antwort bekommen. Wir haben den Fall hinter uns gelassen, wandern weiter am Strom entlang, treffen Walker und Langläufer (Fun-Faktor, denke ich), und ich muss Lola verbieten, sie zu jagen und nach ihren Stöcken zu schnappen. Die Kälte und der Sonnenschein machen sie übermütig. Was für ein wunderschöner Tag. Wenn es nur immer so sein könnte, wenn es kein Außen gäbe, keine Bedrohungen, keine anderen Länder, keine Politik.

Wenn alle Menschen in sonnenbeschienenen, verschneiten Ländern leben und am Wochenende auf Skiern in den Tag hinein laufen könnten. Wenn es keinen Hunger gäbe, keine Dürren, keine Kriege, keinen Hass.

Die Medien würden sich zu Tode langweilen.

»Die Anschläge«, sage ich, unvermittelt.

Lisa zuckt zusammen. »Ist das eine Frage?«

»Nein. Es ist ein Grund dafür, dass alle nach rechts kippen. Konservativer werden. Sich abschotten wollen gegen das, was von draußen kommt und möglicherweise böse ist. Sie haben Angst. Das an sich ist klar und keine Frage. Die Frage ist, wohin es führt. Und ob es ein Gegenmittel gibt.«

»Nein. Ja. Man kann natürlich keinen mehr reinlassen. Überhaupt keinen. Das wäre am sichersten. Aber das geht ja nicht. Dann lässt man ja auch die draußen, denen man eigentlich gerne helfen will. Man muss also besser kontrollieren, wer reinkommt und wer nicht.«

Wenn das Böse durch die Lücken schlüpft

»Aber es gibt Leute, die durch die Kontrollen schlüpfen. Gerade

Menschen, die nichts Gutes vorhaben, schlüpfen gerne. Sehr heimlich. Die haben mehrere Identitäten. Geben sich anders, als sie sind.«

»Gegen das absolut Böse kann man nichts tun«, sagt Lisa. »Es findet immer einen Weg. Willst du das damit sagen?«

»Ich weiß nicht. Vielleicht.«

»Wenn man sich komplett abschottet, tut man ja auch das, was diejenigen wollen, die die Anschläge machen. Sie wollen, dass wir uns abschotten und dass die Leute sich spalten. Die Gesellschaft, meine ich. Muslime gegen Christen. Ausländer gegen Inländer. Oder?«

Ich nicke.

»Man kann nur die Sicherheitsmaßnahmen erhöhen«, sagt Lisa.

»Dann hat man überall sehr viel Polizei. Eine abgeriegelte Welt. Totale Kontrolle. E-Mails, Telefonate, alles wird abgehört. Auch unsere E-Mails und Telefonate.«

»Das wäre ja Unsinn«, sagt Lisa. »Wieso unsere?«

»Woher wissen wir, dass du kein potenzieller Gefährder bist? Sind das immer nur Ausländer?«

»Nein, aber … Die, die die letzten Anschläge gemacht haben, die waren doch alle den Behörden schon bekannt. Das heißt, eigentlich arbeiten die Behörden richtig.«

»Nur scheinen sie vor allem gut darin zu sein, Dinge zu dokumentieren«, werfe ich ein. »Den Werdegang der Gefährder und dann das Ergebnis des jeweiligen Anschlags.«

»Du bist ungerecht«, sagt Lisa zu meiner Überraschung. »Was wissen wir denn über die Anschläge, die verhindert werden? Das ist dann im Netz eine Randnotiz, wenn überhaupt. Aber klar, eine Menge Sachen versacken in der Bürokratie. Man bräuchte mehr Polizisten und mehr Personal in den Ämtern, diese ganzen Anträge müssten schneller bearbeitet werden, dann hätten gewisse Leute gar nicht die Chance, so lange zu bleiben und so gut zu planen. Da denke ich dann wieder: Was soll ich dagegen tun? Die deutsche Bürokratie versagt, aber das kann ich nicht ändern.«

»Können wir denn etwas ändern? An den Anschlägen?«

»Nein. Doch. Also … wenn es einfach keine Menschen mehr gäbe,

Von der Inexistenz glücklicher Täter und dem Kartenspiel der Politik die Anschläge durchführen wollen? Wenn alle Menschen glücklich wären? Glückliche Menschen planen keine Anschläge.«

»Das ist richtig.«

»Wir müssten überhaupt dafür sorgen, dass die Kriege aufhören. Keine Anschläge, keine Flüchtlinge. Aber das ist hohe Politik«, sagt Lisa. »Da haben wir keine Karten. Wir sind ein Niemand.«

»In einer Demokratie gibt es keinen Unterschied zwischen den Bürgern und der Politik. Wir sind die Politik. Wenn wir in Kriege eingreifen wollen, müssen wir unsere Politiker dazu bringen, einzugreifen. Oder diejenigen wählen, die das tun. Nicht die, die uns die niedrigsten Steuern versprechen und die Schließung der Grenzen. Es gibt ja Hoffnung. Die Wahlen in vielen Ländern haben nach all den Befürchtungen doch keine Populisten an die Macht gebracht. Noch nicht.«

»Die Bürger sind die Politik«, wiederholt Lisa. »Wenn also die Regierungen doch noch nach rechts schwenken, wie du sagst, heißt das, dass die Bürger nach rechts schwenken. Damit wären wie wieder am Anfang. Gartenzwerge und so. Aber warte … Ist das nicht auch eine Frage der Information? Uninformierte Menschen glauben jedes Wahlversprechen.«

»Also?«

»Also müssen die Menschen besser informiert werden.«

Ich lache. »Das Passiv ist der erste Fehler«, sage ich. »Informiert werden heißt, dass jemand kommt und den Menschen etwas vorbetet, und das haben sie zu glauben. So funktionieren totalitäre Systeme. Russland. China. Und womöglich bald die Türkei. Informieren kann man sich nur selbst. Dazu ist die Pressefreiheit da.«

»Man muss die Menschen also dazu erziehen, das zu tun. Na ja, dass man mehrere Quellen nutzen muss und so weiter, das lernt man doch in der Schule. Das Internet ist natürlich schon eine gute Sache.«

»Oder eine schlechte Sache«, sage ich. »Weil man alles reinschreiben kann. Das ist eine der Fragen auf meinem Zettel. Wie kommt man gegen Hetze im Internet an? Und gegen die Desinformationspolitik?«

Das Dilemma der Meinungs- und Hetzfreiheit

»Desinformationspolitik?«

»Es gibt eine Menge Kommentare und angebliche Fakten, die extra ins Netz gestellt werden, damit Massen von Leuten bestimmte Dinge glauben. Ein großer Teil der rechten Kommentare im Netz wird von russischen Computern oder von beim Geheimdienst angestellten Kommentatoren generiert.«

»Das ist eine Verschwörungstheorie.«

»Wie findest du heraus, ob es eine Verschwörungstheorie ist?«

»Ich werde es … nachgucken? Mehrere unabhängige Quellen nutzen?«

»Versuch es.« Ich ertappe mich bei einem Lächeln. »Das ist gut. Es ist gut, dass du mir nicht alles glaubst. Und mehrere unabhängige Quellen sind auf jeden Fall mehr als drei.«

»Deine Frage. Wie man gegen die Hetze im Internet ankommt. Ich hätte gesagt, man liest sie gar nicht. Verbieten kann man sie nicht, oder? Meinungsfreiheit … ist ja auch Hetzfreiheit.«

»Leider«, sage ich. »Und wie ist das zum Beispiel mit dieser ganzen Wahlkampfgeschichte? Ist Redefreiheit auch Propagandafreiheit? Nehmen wir die Türkei. Muss eine Demokratie so stark sein, dass alle ihre Feinde in ihr Reden halten dürfen und sie trotzdem keinen Schaden nimmt?«

»Hm«, sagt sie. »Das ist ein bisschen, als würde man dem lieben Kind im Sandkasten sagen, das böse Kind dürfte immer hauen und alle Sandburgen kaputt machen, es müsste sie eben stabiler bauen. Ich finde, das böse Kind darf dann nicht in den Sandkasten.«

»Aber dann sagt das böse Kind: Ich bin der arme Ausgeschlossene, die lassen mich ja sowieso nicht mitspielen, und die sind gar nicht lieb, und daraufhin laufen plötzlich alle dem bösen Kind nach und finden, es hat recht.«

»Ein Dilemma«, sagt Lisa.

Ich nicke. »Die ganze Welt ist ein Dilemma. Deshalb habe ich Fragen auf einen Zettel geschrieben, den ich in meiner Jackentasche mit mir herumtrage. Ist das dumm?«

Muss eine demokratische Sandburg so stabil sein, dass sie ein demokratiefeindliches Kind aushält?

Sie streift Schnee von einem Ast und lässt ihn durch ihre Handschuhfinger rieseln wie Sand, aber es ist eine Illusion, er rieselt nicht, sondern klebt fest, sie klopft ihn ab.

»Ich dachte, Menschen wie du …«, beginnt sie und stockt kurz, »haben Antworten.«

»Ich? Antworten? Das wäre ja …« Ich lache,

doch diesmal klingt es nicht fröhlich, es ist ein Lachen, das sich weigert, wie Sand durch Finger zu rieseln, und ebenfalls festklebt, falsch und irgendwie hohl. »Das wäre ja wunderbar«, sage ich leise.

Sie nickt.

»Bist du denn nach Kanada gekommen, um Antworten zu finden? Oder anders gefragt, bist du aus Europa weggegangen, um Antworten zu finden?«

Sie schüttelt den Kopf. »Nein. Doch. Antworten für mich. Darauf, was ich mit meinem Leben tun will. Nicht auf weltpolitische Geschichten.« Sie sieht ihre schneeklebrigen Handschuhe an. »Ich weiß, was du jetzt sagst.«

»Was denn?«

»Dass es das eine nicht ohne das andere gibt, oder? Dass ich ja in dieser Welt leben werde, und was mit der Welt ist, beeinflusst mein Leben natürlich und …«

»Und umgekehrt. Was du mit deinem Leben tust, beeinflusst die Welt.«

»Kaum«, sagt sie.

»Lisa«, sage ich, und ich fühle mich jetzt wirklich dumm und ein wenig verzweifelt.

»Hm?«

»Nach all dem, worüber wir gesprochen haben, sagst du: Kaum?«

»Was soll ich denn machen? Ich will gar nichts machen. Ich will nur leben und in Ruhe gelassen werden. Einen Job finden, der mir Spaß macht. Vielleicht später mal Kinder haben. Das ist alles.«

»Aber wenn die Welt bis dahin kaputt ist, wird es schwer für deine Kinder.«

»Und wenn die Regierungen die Welt kaputt machen? Ich meine, ich kann versuchen, im Kleinen was zu tun, aber im Großen? So eine Stimme zählt doch gar nichts.«

»Und wenn viele einzelne Stimmen zusammen etwas sagen?«

Sie überlegt einen Moment. »In Amerika«, sagt sie dann. »Die rosa Mützen mit den Katzenohrecken. Meinst du so was? Das war schon was. Das war cool. Irgendwie. Aber gebracht hat es nichts. Der Typ ist doch immer noch an der Macht.«

»Es hat einer Menge Leute gezeigt, dass nicht alle Amerikaner den Typen toll finden. Und wer weiß. Die Geschichte ist nicht zu Ende.«

Sie sieht auf. »Gut, man kann sich zusammentun. Und hoffen. Und laut sein. Wahrscheinlich darf man nicht damit aufhören, laut zu sein. Aber, ganz ehrlich, wenn ich in Amerika gelebt hätte, ich glaube, ich hätte versucht, auszuwandern. Du bist auch weggegangen aus diesem Europa, obwohl das viel weniger schlimm ist. Du bist gegangen, weil du wegwolltest. Weil ihr wegwolltet. Das hat Catherine gesagt. Also.«

»Okay«, sage ich. »Ich bin ein Flüchtling, das ist nicht ganz falsch. Ich kenne sämtliche Fragebogen und Bedingungen zur Einwanderung und Auswanderung und das Gefühl, eigentlich gar nicht gewollt zu werden. Es gibt auch in Kanada eine ganze Menge Kriterien dafür, ob man gewollt wird. Ich bin Sozialarbeiter und Autor, und als wir kamen, war ich noch nicht mal Autor, jedenfalls kein veröffentlichter, und auf jeden Fall bin ich keine hoch qualifizierte Arbeitskraft. Ich habe nur das Glück, zufällig mit meiner Frau verheiratet zu sein, die Kanadierin ist. Und weißt du, wie schwierig es war, eine Krankenkasse zu finden, die eine Familie mit einem herzkranken Kind aufnimmt? Doch, ich kenne das Gefühl. Zu denen zu gehören, die sie aussortieren.« Ich schwenke den Zettel. »Es ist eine der Fragen. Wen würdest du reinlassen und wen nicht, wenn du ein Land hättest? Wenn du, sagen wir, der Alleinherrscher in diesem Land wärst?«

»Ist okay, reg dich nicht auf«, sagt Lisa leise. »Ich würde dich reinlassen. Auch mit Hannah-Marie.« Sie sagt es tröstend, und ich merke, dass ich laut geworden bin, aber das ist seltsam, sie ist nicht beleidigt, sie wirkt jetzt, als hätte sie Mitleid. »Ich weiß nicht, wen ich sonst reinlassen sollte. Ich würde mir alle persönlich ansehen. Wenn die Leute nett sind … wenn sie versprechen, die Sprache zu lernen und Arbeit zu finden … Andererseits, wie kontrolliere ich das später? Und was ist, wenn jemand keine Arbeit findet, einfach, weil er am Anfang Pech hat? Ich würde … ich würde die reinlassen, die vor Kriegen fliehen. Die Kinder. Die Familien.«

Wen würdest du reinlassen?

»Keine jungen Männer, die vorausgehen, um den Weg für die Kinder und die Familien sicherer zu machen? Oder um ihren Familien zu Hause Geld zu schicken, damit sie dort überleben können? Ist das nicht sogar besser, als wenn die Familien nachkommen – ich meine: weniger Leute, die herkommen?«

»Ja. Okay, die jungen Männer auch. Vielleicht.

Aber … du willst sagen, dass ich am Ende alle reinlassen würde, oder?«

»Ich will gar nichts sagen, ich will wirklich eine Antwort.«

»Gut. Die Antwort ist: Ich weiß es nicht. Es gibt keine gerechte Lösung. Ich würde würfeln. Zufrieden?«

»Würfeln.« Ich merke, wie ich wieder lächle. »Gleich an der Grenze? Das ist mal ein anderer Ansatzpunkt.«

Eine Weile gehen wir wieder still weiter, werfen Stöcke für Lola, sehen der Sonne dabei zu, wie sie verschwindet. Auf dem Zettel, den ich wieder eingesteckt habe, stehen noch so viele Fragen. Zu viele Fragen. Ich kann sie nicht mehr stellen, es gibt auch für Fragen Grenzen, und vielleicht habe ich heimlich gewürfelt. Ich brauche mehr Leute, die mir antworten. Eine ganze Generation.

»Dein Paten-Programm«, sage ich, als wir schließlich zurückwandern. »Das klang nach einer wirklich guten Idee.«

»Ja?«

»Ja. Wenn die Leute Kontakt aufnehmen würden. Auch die, die sich sonst nicht trauen und die gerne gegen alles wettern. Kann man denn Menschen zu so etwas zwingen? Kann man die, die kommen, zwingen – und vor allem: die, die schon da sind? Kann man Menschen dazu zwingen, sich integrieren zu lassen oder anderen zu helfen? Andere kennenzulernen? Widerspricht das nicht dem Grundrecht auf Freiheit?«

Würfeln

»Man muss sie zwingen«, sagt Lisa. »Alle. Sie kriegen ja etwas dafür, oder nicht? Eine bessere Gesellschaft. Keiner kann erwarten, dass alles besser wird, ohne dass er was dafür tut. Man muss jedenfalls einen Anreiz schaffen, damit die Leute bei so was mitmachen … Ich weiß noch nicht, wie das geht.« Sie grinst wieder. »Aber ich überleg mir was.«

Und so gehen wir weiter. Lola ist nur noch ein heller Punkt in der Dunkelheit, der vor uns herzuschweben scheint. Vielleicht überlegt Lisa, vielleicht auch nicht, vielleicht guckt sie sich vorerst nur den Strom an und den Wald am anderen Ufer und das Licht, das langsam völlig schwindet. Sie hat später noch genug Zeit, nachzudenken.

Sie kann keines unserer Probleme jetzt lösen. Aber sie überlegt sich was, die nächste Generation.

Kann man all das noch retten?

Ja, denke ich, man kann.

Ob man wird? Ich weiß es nicht.

Aber man kann. Wenn die jungen Leute sich was überlegen, ist nichts verloren. Wir können ihnen nur den Rücken freihalten und ihnen Mut zusprechen, das ist es, was uns bleibt. Mit ihnen hoffen, dass sie sich nicht einschüchtern lassen von den Hetzern, den Hoffnungslosen, den Verzweifelnden. Den Fakten.

Und man kann sie möglicherweise im richtigen Moment schubsen, damit sie springen.

Das dritte Gespräch

Barkhad, Gott und der Klimawandel

»Gibt es einen Weg, all das noch zu retten?«

Der Frühling regt sich um uns, drängt aus jeder Knospe ans Licht, zart und hellgrün, zaghaft und doch wagemutig. Die Blätter, noch zu winzigen Knäueln gefaltet, wissen nicht, in welche Welt sie da geboren werden, und wollen doch anfangen zu leben, jetzt sofort, sie sind ungeduldig wie Kinder. Er singt auch in den Vögeln, dieser Frühling, er spiegelt sich blau in den Pfützen auf den Parkwegen und schwebt als unerklärlicher Geruch in der Luft, er ist überall.

Die Stadt liegt hinter uns, man kann ihren Lärm hören, aber genauso gut die Ohren davor verschließen und nur dem Frühling lauschen, der eine Art vogelzwitschernde Stille über die Zivilisation breitet. Auch die Stille ist in meiner Frage inbegriffen.

Gibt es einen Weg, das alles noch zu retten?

»Wenn es keinen Weg geben würde, wozu wären wir dann hier?«, fragt Barkhad zurück.

Eine vollkommen neue Antwort, die auch keine ist.

Ich pflücke eine kleine weiße Blume, deren Namen ich nicht kenne, und drehe ihren hauchdünnen Stiel zwischen den Fingern, während wir weiterschlendern.

»Glaubst du an Gott?«, fragt Barkhad weiter, er übernimmt das Fragen, und eigentlich passt mir das gar nicht. »Ich meine keinen bestimmten«, sagt er. »Es ist egal, an welchen. Glaubst du an irgendeinen?«

Von der Notwendigkeit eines abhandengekommenen Gottes

»Manchmal«, sage ich ausweichend.

»Die Leute hier reden nicht gerne über Gott, was?« Schon wieder eine Frage. »Warum ist das so?«

»Sie glauben nicht mehr. Nicht zu glauben, ist Teil des modernen Lebens. Gott war früher ein Erklärungsmodell für viele Dinge, die man sich heute naturwissenschaftlich erklären kann. Gott ist … überflüssig geworden, nehme ich an.« Ich sehe, wie Barkhad grinst. Als erzählte ich den größtmöglichen Unsinn. »Warum sprechen wir jetzt von Gott?«, frage ich, irritiert.

»Du hast gefragt, ob das alles noch zu retten ist.« Er sieht sich um, saugt den Frühling mit den Augen auf, all das Grün, all das Werden. »Wie können wir da nicht über Gott reden? Überflüssig.« Er lacht. »Ihr habt ihn verloren. Aber ich denke, ihr braucht ihn mehr als irgendjemand sonst.«

»Glaubst du denn, Gott – irgendeine Art von Gott – greift ein und rettet uns? Macht alle Entwicklungen der letzten Zeit rückgängig, bringt die Menschen zur Vernunft, rettet die Natur, beseitigt die Kriege? Und warum hat er dann so lange damit gewartet?«

Barkhad grinst jetzt nicht mehr, er lächelt mich mit all seinen weißen Zähnen in seinem dunklen Gesicht an: milde, nachsichtig, als wäre er der Ältere von uns, ein weiser Greis, und ich ein kleiner Junge. Dabei ist er erst achtzehn, jedenfalls ungefähr, genau weiß das weder er noch ich.

»Du meinst, ob ich glaube, dass sich die Wolken plötzlich öffnen und jemand auf die Erde hinabsteigt? Nein. Ich meinte überhaupt nicht, dass Gott alles rettet. Das ist unsere Aufgabe. Was ich sagen wollte, ist, er hat uns hierhergeschickt, damit wir die Welt retten.«

»Und wer ist wir? Wer ist dazu auserwählt und vor allem verpflichtet, die Welt zu retten?«

»Das kannst du dir aussuchen«, sagt er großzügig und steckt einen Grashalm in den Mund. »Ich würde sagen: alle.«

»Es scheint ja schlecht zu klappen mit dem Retten«, sage ich. »Wir sind alle da. Und keiner rettet irgendwas. Wir erfüllen auf der Erde nur die Anwesenheitspflicht, es gibt ein Häkchen im Klassenbuch, wir sitzen gehorsam auf unseren Plätzen. Aber das war es dann auch schon.«

»Du bist ungerecht«, sagt Barkhad. »Siehst du denn die Leute nicht, die sich damit beschäftigen, jeden Tag irgendwelche Dinge zu retten? Mich zum Beispiel. Mich haben sie gerettet. Ein paar Mal. Sonst wäre ich nicht hier.«

Das stimmt, das letzte Mal haben sie ihn gerettet, als er zu Fuß von den USA über die kanadische Grenze gelaufen ist, zusammen mit zwei anderen Somalis. Bei minus zwanzig Grad. Einer der Typen, die bei ihm waren, hat vier Finger verloren, der andere sein Leben, aber Barkhad haben sie gerettet, im Krankenhaus, nachdem ein Farmer ihn und die anderen mit einem Truck aufgesammelt hatte. Sie sind an einer unbedeutenden Straße entlanggewandert, hatten sich verirrt, hatten ihre landmark, die Fernsehantenne, auf die sie zugehen sollten, im Schneetreiben verloren.

Wir kennen uns erst seit Kurzem, er hat mir die Geschichte erzählt und mir stolz den Zeitungsausschnitt gezeigt, ich hatte die Meldung nicht einmal gelesen, was mir peinlich war.

Er weiß noch nicht, ob er bleiben darf, denn Barkhad gehört zu den vielen, die illegal kommen. In den USA hätte er keine Erlaubnis erhalten, hier hat er zumindest eine Chance. Vielleicht. Hoffentlich.

»Es ist wunderbar, dass es Menschen gibt, die helfen«, sage ich. »Aber es sind so wenige. Haben wir eine Chance darauf, den Rest der Menschen auch dazu zu bekommen, dass sie nicht nur ihr Anwesenheitshäkchen einsammeln und zufrieden sind? Kann man sie dazu bringen, etwas zu tun?«

Die Angst der Kuchenesser

Ich halte den Zettel mit meinen Fragen in der Hand, und dies ist eine davon.

»Ich glaube, viele Menschen in diesem Land haben keinen Mut«, sagt Barkhad. »In diesem Land und in allen Ländern, die so reich sind. Das ist komisch. In Somalia, bei uns, gibt es eine Menge Gründe, Angst zu haben. Das Land ist kaputt vom Krieg, offiziell haben wir jetzt keinen Krieg mehr, aber es ist immer noch Krieg, die Islamisten von al-Shabaab kontrollieren den einen Teil, die Regierung den anderen, aber es ändert sich ständig, verstehst du, du weißt nie, woran du bist und wann jemand dich zum Feind erklärt, du kannst immer und überall entführt werden, einfach nur, weil du da bist und weil jemand glaubt, er könnte Geld mit dir machen. Also, verstehst du, jede Menge Gründe, Angst zu haben. Und das ist überall so, überall in Afrika, mehr oder weniger. Aber die jungen Leute haben keine Angst. Da ist zu viel Angst, um sie noch zu fühlen, verstehst du? Ein Meer aus Angst, und wir haben gelernt, darin zu schwimmen. Wir machen was. Wir stehen auf und gehen weg. Wir wollen etwas, wir wollen etwas lernen, einen guten Job, ein besseres Leben. Dafür brauchst du noch mehr Mut, als um dazubleiben, denn auf dem Weg wirst du betrogen und ausgeraubt und vielleicht auch entführt und eingesperrt und gefoltert, bis irgendwelche Angehörige dich wieder freikaufen, und du musst schwimmen, obwohl du nicht schwimmen kannst, und wandern, obwohl deine Füße nicht mehr weiterkönnen, und du verläufst dich und verdurstest fast im Dschungel von Brasilien oder Panama, und da sind wilde Tiere und Schlangen und Skorpione und Krankheiten, das ganze Meer von Angst begleitet dich immerzu, und dann kommst du hier an, und die Menschen sitzen im Café und essen Kuchen und fürchten sich. Vor dir. Ich meine, vor mir. Vor uns. Sie fürchten sich so sehr, dass sie auf die Straße gehen und Schilder hochhalten, auf denen steht, dass wir nach Hause gehen sollen. Sie trauen sich nur in Gruppen, diese Schilder zu halten, und auch die, die nett sind und helfen, wie dieser Trucker, der uns aufgesammelt hat, auch die sagen, sie haben Angst. Angst davor, dass zu viele von uns herkommen. Ist das nicht sehr, sehr merkwürdig?«

Er holt tief Luft, das war ein langer Monolog.

Er spricht französisch, im Übrigen, und nicht so fließend, wie ich es hier niederschreibe, sein sanfter Singsang wird stellenweise holprig, wechselt manchmal ins Englische und ist schwer zu verstehen, aber das wäre zu anstrengend zu lesen.

»Ich glaube, dass ihr uns braucht«, sagt Barkhad, »um zu lernen, wie man keine Angst hat. Nein. Wie man sie hat, aber trotzdem aufsteht und weitergeht. Könnt ihr das lernen?«

»Die Leute hier haben zu viel zu verlieren«, sage ich. »Sie klammern sich daran fest. Ihr hattet nichts zu verlieren. Da ist es einfacher.«

Das Argument klingt schwach. Aber ich bin nicht hier, um Argumente zu finden oder Antworten. Ich bin hier, um zu fragen. Warum lässt er mich nicht? Er hat diese Energie, diese Kraft, er ist wie der Frühling, ein Stürmer und Dränger, er reißt das Gespräch einfach an sich, und ich muss ihn stoppen, ehe dies eine Predigt wird.

»Was denkst du denn, warum die Leute eine so schreckliche Angst haben? Vor Menschen, die herkommen?«

»Davor, dass die Moslems alle Attentäter sind. Das ist natürlich Quatsch.«

»Du bist … was? Moslem?«

»Nein«, sagt Barkhad. »Ich war Moslem. Jetzt bin ich nur ich. Ich glaube an Gott, aber das ist mein eigener Gott. Und ich verstehe auch gar nicht, warum Gott einen Namen und ein … Büro auf der

Erde braucht. Eine Einrichtung, etwas wie Christentum oder Islam oder Judentum, Gott ist einfach da, er steht für sich selbst. Das ist auf dem afrikanischen Kontinent sowieso so, überall, in allen Dingen, sind Götter. Geister, sie waren schon vor dem Islam da, verstehst du? Jedenfalls, wenn jemand andere Leute erschießt und dabei etwas von Gott herumbrüllt, hat er nichts verstanden. Er wirft nur ein schlechtes Licht auf alle Muslime. Das ist schlimm.«

»Aber es passiert. Können wir denn etwas dagegen tun? Ein Mädchen, das ich kenne, hat gesagt, glückliche Menschen planen keine Anschläge.«

Er schüttelt den Kopf. »Manche Menschen kann man nicht glücklich machen. Manche Menschen sind verloren. Kaputt.« Wieder ein Kopfschütteln.

»Man kann sie nicht integrieren? Vorher, ehe sie etwas so Schreckliches tun?«

»Integrieren? Ha. Ihr müsst die Leute wegsperren. Für immer. In die Wüste schicken. Auf eine Insel.«

»Einzelhaft.«

»Ja! Gefängnis hilft nichts, da stecken sie nur andere an mit ihrer Kaputtheit. Einzelhaft ist gut.«

»Wir haben etwas, das nennt sich Menschenrechte«, sage ich vorsichtig.

»Ich dachte, ihr habt nur etwas, das nennt sich rechte Menschen.« Er lacht, doch ich bleibe ernst.

»Du würdest die radikalen Menschen, die potenziellen Gefährder eliminieren. Von vorneherein. Aber kann sich jemand nicht wieder ändern? Und wen sollen wir einsperren? Alle, die möglicherweise vielleicht eventuell radikal sind?«

Die große Verlockung, alle wegzusperren

»Ja! Es kann nicht sein, dass ein paar wenige die Gesellschaft kaputt machen! Den Ruf der Moslems auf der ganzen Welt!«

»Es gibt immerhin andere radikale Moslems, die zu genau diesen Anschlägen aufrufen.«

»Die müssen auch weg. Dringend. Wenn ich die Macht hätte, ich würde sie alle umbringen. Du hast nicht gesehen, was ich gesehen habe«, murmelt er. »Du hast nicht gesehen, was al-Shabaab in meinem Land angerichtet hat. Glaub mir, das willst du nicht sehen. Sie schlachten Menschen ab wie Ziegen. Und ich, ich habe noch Glück. Ich bin keine Frau, ja? Wenn ich mir das vorstelle. Die Frauen können nicht mal weg. Sie können nicht alleine fliehen. Sie können eigentlich nicht mal alleine auf die Straße gehen, da, wo die Islamisten sind. Die Islamisten sind eine Krankheit. Wie das Krebsgeschwür der Angst. Sie müssen eliminiert werden.«

»Nur – wo ziehen wir die Grenze? Zwischen guten Moslems und schlechten Moslems? Zwischen möglichen Gefährdern und nicht gefährlichen Menschen? Am Ende sind wir da, wo wir alle Moslems um die Ecke bringen müssen. Dich eingeschlossen.«

»Unsinn.« Er sieht ein bisschen beleidigt aus, aber auch nachdenklich.

»Es ist nicht so einfach«, sagt er. »Man denkt immer, es ist einfacher.«

»Glaubst du, es kann auf die Dauer ein Zusammenleben geben? Christen und Moslems? Moslems und Hindus? Christen und Juden?«

Da nickt er, sofort. »Irgendwann ja«, sagt er. »Aber dazu brauchen wir offene Religionen. Einen liberalen Islam. Alleine wegen der Frauen. Weißt du, ich habe gerade eine Idee.« Er grinst wieder. »Am besten werden alle Frauen Christen. Die Männer können Muslime bleiben.«

Wir wandern eine Weile weiter, umkreist von der ungeduldigen Lola. Frauen mit vom Frühlingswind zerzausten Haaren begegnen uns, Rentner in Elektrorollstühlen, Jogger mit kleinen Kläffern. Eine

Familie mit Kinderwagen und dunklen Mänteln, sehr muslimisch, aber auch sehr fröhlich. Ein strenges älteres Pärchen, das der Familie einen säuerlichen Blick zuwirft und denselben Blick auch für Barkhad hat.

»Das sind auch welche von denen, die Angst haben«, sagt Barkhad. »Dass ich sie in die Luft sprenge. Oder dass ich ihnen die Arbeit wegnehme. Wir kommen und setzen uns ins gemachte Nest, das sagen sie doch, das habe ich jetzt schon oft gehört. Aber das stimmt nicht. Wir wollen etwas aufbauen. Wir wollen nichts geschenkt haben. Ich jedenfalls nicht.« Er schüttelt heftig den Kopf. »Sie reden alle von der Globalisierung. Sie sagen, dass das eine schlechte Sache ist. Früher waren wir in Afrika, weit weg, und die Araber waren in Arabien, und jeder war da, wo er hingehörte. In seiner eigenen Schublade. Schön aufgeräumt. Und plötzlich sind die Entfernungen verschwunden. Verstehst du? Plötzlich sind wir hier. Plötzlich sind alle zusammen. Die Leute wollen alles haben und alles erreichen können. Im Laden liegen Früchte von da, wo ich herkomme. Die Früchte wollen sie, aber mich nicht. Und sie wollen ihre ganze Modernität für sich, wir sollen bei unseren Kuhherden bleiben und Trachten tragen, das wollen sie dann knipsen, wenn sie eine Reise zu uns machen. Aber wir sollen nicht Handys haben wie sie und Fernseher und Dinge wissen wollen.«

»Ist denn in Amerika oder in Europa alles besser?«

Die Globalisierung und das Ende der Schubladen

Er nickt. Schüttelt dann den Kopf. »Es ist zu kalt im Winter. Ich vermisse mein Land. Die Gerüche vor allem. Und die Pflanzen. Und sogar den Regen, der nicht fällt. Aber es ist schön hier.« Er sieht sich um, und er hat recht, all diese Knospen, all diese Blüten des Frühjahrs. Wir wandern an der Rivière Saint-Charles entlang, sie haben die ganze Strecke vom alten Hafen beim Sankt-Lorenz-Strom bis hinaus zum Lac Saint-Charles als Park angelegt, ein Park voller Jogger, Kanufahrer und Spaziergänger, voller Brücken über kleine Nebenarme des Flusses. Entenküken schwimmen auf dem Wasser ihrer Mutter nach, flaumig und frisch. Lola läuft jetzt irgendwo vor uns, und natürlich macht der Frühling auch sie übermütig, sie fabriziert eine seltsame Art von Luftsprüngen, sie fegt übers Gras und durchs Gebüsch wie eine Frühlingsböe, bleibt bei den Enten stehen und verbellt sie.

Ein junges Pärchen wandert Hand in Hand über eine Wiese, in guter windfester Sportkleidung, noch ist es kalt, und sie küssen sich in ihren perfekten Outdoorjacken genau unter den Zweigen eines rosa-weiß blühenden Strauchs. Dies ist wohl das Gegenteil von Somalia.

»Es ist schön hier«, wiederholt Barkhad. »Sie haben das ganze Wasser, und es ist so grün. Trotzdem vermisse ich mein Land.«

»Willst du zurück?«

»Nicht jetzt«, sagt er. »Irgendwann. Vielleicht. Oder vielleicht finde ich eine Frau. Wenn ich heiraten würde und Kinder kriegen … dann würde ich wahrscheinlich bleiben. Ein Freund von mir hat eine Frau hier. Er ist Ingenieur geworden, er hat es geschafft. Der geht natürlich nicht zurück nach Hause. Er bleibt. Er ist aus Äthiopien.«

»Da haben sie keinen Krieg.«

»Nein«, sagt Barkhad. »Aber auch kein Wasser. Der Regen bleibt aus. Immer mehr. Die Leute in den Dörfern schieben es auf die Götter. Wirklich. Die, die so sind, wie ihr sie dort gerne hättet: traditionell. Und uninformiert. Sie singen und beten, damit der Regen kommt. Es gibt nur einen Gott, der den Regen wegnimmt. Das ist der Westen. Der den Klimawandel macht.«

Ich sehe auf meinen Zettel.

»Das bringt uns zu einer anderen Frage. Wen sollen die westlichen Länder reinlassen und wen nicht? Kanada antwortet: Am besten nur die Hochqualifizierten, die uns etwas nützen. Deutschland antwortet: Nur Kriegsflüchtlinge, die in ihrer Heimat unmittelbar bedroht oder verfolgt werden. Was sagst du?«

»Nur mich«, sagt Barkhad und lacht. »Nein, wirklich? Nur die Kriegsflüchtlinge, ist falsch. Alle gucken nach Syrien. Das ist ein Problem für die anderen Flüchtlinge. Wirklich. Du solltest hören, was da geredet wird. Es gibt überall Konkurrenz. Ich war im Norden von Äthiopien. Da gibt es nichts mehr, du solltest das sehen. Nichts. Eine einzige ausgetrocknete Fläche, rissig, hart, da wächst nicht mal die Idee einer Pflanze. Es ist gruselig. Die Leute werden kommen, ihr werdet das noch sehen. Viele Leute. Viel mehr als jetzt. Es ist überall so in Afrika, und es wird schlimmer.«

»Noch gibt es den Begriff Klimaflüchtlinge nicht in der Genfer Konvention. Sie überlegen gerade, ob sie ihn einführen. Aber könnte man nicht etwas ändern? Vor Ort? Damit die Böden wieder zu bewirtschaften sind?«

Tomatenmark-flüchtlinge

»Ja«, sagt er. »Nein. Selbst wenn. Weißt du, dass europäisches Tomatenmark billiger ist als einheimische Tomaten? Das ist in vielen Ländern so. Und nicht nur mit Tomaten. Europa verkauft Afrika seine Produkte so billig, dass die Bauern nicht mithalten können, sie ziehen in die Städte, um sich anderswo Arbeit zu suchen, aber sie finden nichts, und dann gehen sie weg.«

»Tomatenmarkflüchtlinge«, sage ich.

Er nickt.

»Ich habe auf meinem Zettel die Frage: Wann endet die Schuld der westlichen Länder?«, sage ich. »Aber ich hatte an die Folgen der Kolonialisierung gedacht.«

»An die denkt jeder«, sagt Barkhad. »Gerade die Leute in Ländern wie meinem. Das nervt mich, um ehrlich zu sein. Alle ruhen sich darauf aus, dass die Leute in Europa oder Amerika schuld sind und deshalb kommen und uns Geld geben sollen. Natürlich müssen wir selber aufstehen und etwas ändern. Die jungen Leute, wie ich, die wollen auch etwas ändern. Aber die Schuld endet trotzdem nicht. Das Tomatenmark ist noch da. Und das ist es, was wir zuallererst ändern müssen, wir müssen dieses Europa, dieses Amerika aus unserer Wirtschaft rauswerfen. Sie verbrauchen uns, die Ressource Afrika, sie verbrauchen unsere Rohstoffe, sie schädigen unsere Wirtschaft, und reich werden dabei ein paar korrupte Mächtige, sonst niemand.«

»Was sollen wir tun?«

Die Frage aller Fragen.

»Das Wir, das du benutzt, wen meint das?«, fragt Barkhad zurück.

»Wir, die Europäer, die Amerikaner. Die Menschen aus dem Westen.«

»Siehst du, das ist schon das Problem«, sagt Barkhad. »Du verwendest immer ein Wir, das mich und die anderen ausschließt. Aber wir sind auch Teil des Planeten. Das Erste, was ihr tun solltet, ist, uns anzuerkennen. Wenn wir zusammen ein Wir sind, können wir etwas machen, nur dann. Wir wollen keine Almosen.«

Das Recht, Teil des Wir zu sein

»Es gibt durchaus Flüchtlinge, die das anders sehen.«

»Idioten«, sagt Barkhad. »Die müssen als Allererstes den Hintern hochkriegen und anfangen, zu denken. Hirn anschalten, so einfach ist das.«

Ich muss lachen. »Ich hätte niemals gewagt, Flüchtlinge als Idioten zu bezeichnen.«

»Auch Teil des Problems«, sagt er. »Natürlich gibt es da Idioten! Genauso, wie es kanadische oder europäische Idioten gibt! Es gibt auch wirklich böse Menschen, die zu euch kommen. Aber ihr habt euch selbst verboten, euch über sie zu ärgern, ihr seid politisch korrekt, ihr schluckt den Ärger hinunter, und eure Gesellschaft ist krank, sie wird von innen heraus aufgefressen. Klar, dass dann Leute mit Plakaten auf die Straße gehen und herumbrüllen, die Flüchtlinge oder die Moslems wären alle böse, irgendwo muss der Ärger doch raus. Und am Ende verwechseln die Leute alles mit allem.«

»Warte, warte, warte«, sage ich und starre etwas verwirrt auf meinen Zettel. »Eben waren wir noch beim Klimawandel und bei der Wirtschaft, und jetzt bist du schon 25 Schritte weiter.«

»Okay, okay, wir kommen zurück. Zu allem«,

sagt Barkhad nachsichtig. Die jungen Leute sind einfach zu schnell für mich. »Ich sage dir: Ärgert euch und nehmt uns ernst. Dann können wir Dinge verändern. Das gilt für alle deine Themen. Wir brauchen ein neues Wir. Wenn wir schon globalisiert sind, muss es auch ein Wir geben.«

»Gut«, sage ich. »Dann heb die verdammte Kippe auf, die du gerade in die Landschaft geschmissen hast. Ich ärgere mich hiermit, nehme dich ernst und sage dir, Müll gehört nicht in die Landschaft.«

Er guckt ein wenig erschrocken, grinst dann und hebt die Kippe auf, und sie wandert in die alte deutsche Pullmoll-Dose, zu meinen eigenen Kippen, um später in den Abfalleimer weiterzuwandern. Auch Kippen sind Migranten.

»Okay, dieser Klimawandel«, sage ich. »Können wir den denn noch aufhalten? Glaubst du das?«

»Natürlich«, sagt Barkhad. »Und es weiß auch jeder, wie. Nur hält sich fast kein Land an die Verträge, oder?«

Ist das Klima sowieso verloren?

»Und dann? Was machen wir, wenn die Erde immer wärmer wird und es immer mehr Dürren gibt und immer mehr Leute aus den entstehenden Wüsten oder vor den

Überschwemmungen anderswo fliehen? Und aus den Ländern, die schlicht und einfach nicht mehr existieren werden, weil der Wasserspiegel steigt? Das ist ja eine Flüchtlingsschwemme, die man mit der jetzigen nicht vergleichen kann. Eine Völkerwanderung. Das ist es, was uns bevorsteht. Ob ich ein tolles neues Wir habe oder nicht, es wird zu viele Leute geben, die plötzlich versorgt und integriert werden müssen, das kann keine Nation leisten. Und dem Klima ist es herzlich egal, ob ich wie ein guter Deutscher sogar in Kanada meine Joghurtbecher sammle und meinen Müll trenne. Was sollen wir tun?«

»Na, warum zwingt ihr nicht alle, sich an dieses Klimaabkommen zu halten? Gut zureden hilft nichts, man muss sie zwingen.«

Ich denke an Lisa, die auch alle zwingen wollte, und muss beinahe lächeln, aber nur beinahe.

»Wie denn? Mit Krieg drohen? Und wer soll da überhaupt wen zwingen?«, frage ich. »Trump hat einen der größten Leugner des Klimawandels in seine Regierung berufen. Eines der wichtigsten Industrieländer steigt aus allen Versuchen aus, die Erderwärmung aufzuhalten oder wenigstens zu verlangsamen. Denn nur die Wirtschaft zählt, nur das Geldverdienen. Die großen Firmen machen vielleicht mehr Politik als die Politiker. Das ist so mit dem Kapitalismus.«

»Ja, Mist, natürlich«, murmelt Barkhad. »Weil, der Sozialismus hat auch nicht geklappt, oder? Ich wäre fast durch Venezuela gekommen. Aber das hab ich gelassen, bin lieber andersrum, über Peru. In Venezuela, hat mir einer erzählt, da gibt es gar nichts mehr. Die haben ihren Sozialismus so gründlich betrieben, dass ihnen bald sogar das Papier ausgeht, um neues Geld zu drucken.«

»Was ihr euch so alles erzählt auf eurer großen Flucht«, sage ich. Er klingt wie ein Student, der von einer Wandertour im Himalaja zurück ist.

»Okay, aber wenn die Firmen die Politik machen, und denen ist das Klima und die Welt egal«, sagt Barkhad nachdenklich. »Also wenige Reiche. Dann ist das ja eigentlich wie … wie eine Krankheit, die das Wirtstier frisst. Das ist dumm. Verstehst du? Die Firmen brauchen die Welt. Wenn sie sie kaputt machen, rotten sie sich selber aus. Und am Ende … vielleicht ist das ja gut«, sagt er nachdenklich. »Am Ende ist es das, was der Mensch tut. Sich selber ausrotten. Dann kann die Erde hinterher von vorne anfangen. Ohne Menschen. Aber das ist … das ist irgendwie eine traurige Vorstellung.« Eine Weile gehen wir schweigend weiter, und Barkhad murmelt: »Nur die Mächtigen können etwas ändern. Nur die Mächtigen und die Reichen …« Dann schweigt er, vielleicht in seine Träume und Erinnerungen an zu Hause versunken, weil dieses Problem auch für ihn zu groß ist.

Die Schönheit von lebensrettenden Joghurtbechern

Um uns wächst und zwitschert die Natur, winken die Frühjahrsbäume im Wind, grün beschleiert und nichts ahnend von ihren sterbenden Kollegen in den Dürreregionen Afrikas.

»Hey«, sagt Barkhad plötzlich und hebt den Kopf. »Aber das ist ja Bullshit.«

Ich zucke zusammen, er hat also doch nicht geträumt. »Was?«

»Dass nur die Mächtigen und die Reichen etwas ändern können am Klima, nur die Politiker und die Firmenchefs. Die Mächtigen, so als Einzelmenschen, machen nicht den Schadstoffausstoß. Sie verbrauchen nicht die Ressourcen. Sie produzieren nicht den Müll. Nicht mehr als jeder andere. Verstehst du? Das ist jeder Einzelne von uns. Auch du.« Er zögert, lacht leise, hat sich selber ertappt. »Auch ich. Mister Trump kann persönlich nicht so viel CO_2 produzieren, dass das Klima ernsthaft geschädigt wird, auch wenn er den ganzen Tag auf dem Klo sitzt und pupst. Oder wenn er eine riesige Ranch für die Wurst auf seinem Sandwich besitzt, auf der den ganzen Tag die Kühe pupsen.«

Jetzt lachen wir beide, kindisch, pubertär. Es geht wohl nicht ohne ein wenig Albernheit zwischendurch.

»Also kann jeder Einzelne auch etwas tun«, sagt Barkhad schließlich. »Ein bisschen weniger Schadstoffe, weniger Müll, weniger Ressourcen. Und von welchen Firmen man etwas kauft, kann man sich doch auch überlegen. Jeder Einzelne kann das. Ich zum Beispiel … ich besorge mir so eine Dose. Für die Kippen. Und ich werde meinen Privatjet dieses Jahr im Hangar lassen und mit dem Fahrrad fahren.«

Er tritt beiseite, um ein Kind auf einem CO_2-neutralen Dreirad durchzulassen, die Mutter auf dem Rad dahinter lächelt uns zu, und wir lächeln zurück. Aber komisch, Barkhad hat sie ein bisschen mehr angelächelt als mich. Vielleicht hat sie gerade heute beschlossen, dass einzelne Personen etwas tun können und dass das Anlächeln von sichtbar Fremden dazugehört. Der Tag ist nicht verloren.

»Es hilft also doch, wenn ich Joghurtbecher sammle?«, frage ich.

»Der Mensch ist ein Sammler«, sagt Barkhad.

»Und wir retten Äthiopien doch noch. Weißt du, wir könnten riesige Schatten spendende Dächer aus deinen Joghurtbechern bauen und sie in der Wüste aufstellen. Oder Wasserleitungen draus zusammenstecken.«

Ich möchte auch ein Dreirad. Kurz bin ich fünf Jahre alt. Die Sonne scheint, noch ist es kalt, aber es wird wärmer, und das darf es sogar im Frühling, ganz ohne Klimaerwärmung und schlechtes Gewissen. Vielleicht schaffe ich es, Barkhad ein Fahrrad zu besorgen, damit er die Natur auch ohne mich und meine Fragen erkunden kann.

»Wir müssen noch mal zurück zu deinem äthiopischen Freund«, sage ich. »Der hierbleibt. Der Ingenieur. Das ist ein Problem.«

»Warum?«

»Es ist das, was wir Brain Drain nennen. Jeder

Brain Drain und das bunte Graubraun der Wüste

in Afrika, der kann und der schlau genug ist, nimmt die Beine in die Hand und macht sich auf den Weg nach Amerika. Oder Europa. Richtig? Wenn aber alle klugen Leute aus Ländern wie deinem weggehen und niemand zurückkommt, wie soll sich dort jemals etwas ändern? Ich meine, der Klimawandel ist nichts, worauf wir uns ausruhen können. Irgendetwas wird da schon noch wachsen, in Afrika, man kann Wege finden. Wasser finden. Nicht überall herrscht Dürre. Und irgendetwas muss und kann erwirtschaftet werden. Dazu werden kluge Menschen gebraucht. Menschen, die ihre Ausbildung vielleicht anderswo gemacht haben. Rückkehrer.«

»Willst du zurück nach Deutschland?«

»Wie?«

»Du bist da weggegangen, weil es Probleme gab, oder? Probleme mit Leuten, die zu … national gedacht haben. Aber wenn alle weggehen, die liberal sind, wie du, wie soll sich dann in Europa etwas ändern?«

»Eins zu null für dich«, sage ich. »Müssen wir also alle zurückgehen?«

Vielleicht ist es Zufall – wir befinden uns in der Mitte einer langen Holzbrücke über einem Flussarm. Lola ist schon drüben, aber ich bleibe stehen, und sie kommt zu mir zurück, mit einem fragenden Blick setzt sie sich neben mich, den Zögernden. Ich stelle mir vor, wie es wäre, zurückzugehen. Man ist so weit gereist, um anzukommen; Barkhad viel weiter als ich, als wir. Ich will nicht zurück.

Eigentlich nie.

Es ist immer einfach, über die anderen zu reden. Ihnen Ratschläge zu geben.

»Wir könnten hin und her gehen, vielleicht? Einen Austausch schaffen?«, sagt Barkhad. »Einen Austausch von Ideen? Von Bildung und Erziehung? Zurückgehen … auf Besuch?«

»Das klingt besser als ganz zurück«, murmle ich, ein wenig beschämt.

»Ich wollte fragen, welche Anreize man schaffen müsste, um Leute zum Zurückgehen zu bringen. Und ich meinte Afrika. Und ich meinte die arabischen Länder. Aber wenn ich mich das selbst frage … Deutschland … ich wüsste keinen Anreiz. Gar keinen.«

»Hast du kein Heimweh?«

»Doch«, sage ich, »aber nur nach etwas, das es nicht mehr gibt. Nach der Zeit, die ich in Deutschland hatte, als ich jünger war. Kein Heimweh nach der Geografie.«

»Dann kann ich dir sagen, du hast Glück.« Barkhad lächelt.

»Glück?«

»Mit den Afrikanern. Wir haben alle Heimweh. Ich habe es schon einmal gesagt. Hier ist es zu kalt, die Gerüche fehlen, die Gewürze, die Farben, alles.«

»Das bunte Graubraun der Wüste?«

Er nickt, sehr ernsthaft. »Das auch. Ich werde immer Heimweh haben, vor allem nach dem Essen. Insofern gibt es Hoffnung, dass ihr uns wieder loswerdet. Dass wir zurückgehen, wenn es zu Hause besser geworden ist, Als Teil eines Wir. Du erinnerst dich, das Wir, von dem wir gesprochen haben.«

Er muss mich für sehr vergesslich halten.

»Das war vor fünf Minuten. Ich erinnere mich.«

»Oh, Europäer vergessen ihre Versprechen gerne …«, sagt er, aber vielleicht meint er es nicht ernst. »Ich meine, was brauchen sie bei uns? Wasser. Also Brunnen. Ingenieure. Ärzte. Lehrer. Vor allem Lehrer. Wir müssten zurückgehen, um den Leuten etwas beizubringen, und das wäre auch der Anreiz, den ich bräuchte: die Garantie, dass ich den Leuten das beibringen darf, was ich gelernt habe. Ohne Abstriche. Und dass ich es allen Leuten beibringen darf. Keine Zensur, keine Beschränkungen, keine Gebühren, alle, alle müssten zu mir kommen und etwas lernen können. Ich weiß noch nicht, was, ich muss es selber erst lernen, aber ich würde es weitervermitteln. Ich würde da auf meinem Hocker an der Straße sitzen, wie früher mein Großvater, und alle würden um mich herumsitzen und lauschen, vielleicht hätte ich ein Bier in der Hand, sehr kalt, das wäre schön, und ich würde ihnen sagen, was sie tun können, damit die Dinge besser funktionieren.« Sein Blick ist träumerisch geworden, er sieht die Brücke nicht mehr, oder wenn, dann sieht er eine Brücke zwischen sich und den Zu-Hause-Gebliebenen, zwischen den Generationen, zwischen Wissenden und Unwissenden.

»So was«, sage ich, erstaunt, »ich dachte immer, Statussymbole für Afrikaner und Araber wären ein großes Auto oder ein Fernseher.«

»Auch«, sagt er. »Sie erwarten das, natürlich.

Erwartungen spielen eine große Rolle. Weißt du, dass es eine Menge Leute gibt, die nur deshalb nicht zurück nach Hause gehen, weil man von ihnen erwartet, dass sie es nach Amerika schaffen, oder nach Europa? Leute, die gar nicht wegwollen? Ich habe eine Menge von denen kennengelernt. Manche sind seit Jahren auf dem Weg. Sie haben kein Geld mehr, keine Chance, anzukommen. Sie pendeln irgendwo zwischen den Ländern, haben hier und da Jobs, kommen ein Stück weit, werden wieder irgendwo geschnappt, zurückgeschoben und eingesperrt. Sie wollen nicht mehr, aber sie haben auch keine Möglichkeit, zurückzugehen. Die Familie will die verlorenen Söhne nicht mehr, es wäre der Tod ihrer Ehre, zuzugeben, dass man gescheitert ist.«

»Und du?«

»Ich? Ich habe Glück, ich reise mit leichtem Gepäck. Ich habe keine Familie mehr. Der Krieg bei uns hat sie aufgefressen. Ich wollte tatsächlich weg.«

Wir schweigen wieder eine Weile, mitten auf der Brücke, und ich denke an meine Familie und daran, dass Barkhad nach diesem Spaziergang mit zu uns kommen wird, einen Kaffee trinken, mit den Kindern Unsinn machen. Und dass ich es lieber hätte, er käme nicht mit: Ich brauche eine Pause. Ich möchte in Ruhe mit Catherine sprechen, ich möchte mich in einen Sessel fallen lassen, ohne ein schlechtes Gewissen zu haben, dass dieser Sessel mir gehört. Wie kleinherzig wir doch sind.

»Lass uns umkehren«, sage ich schließlich. »Es ist ein weiter Weg.«

Und wir gehen, zurück über die Brücke, zurück durch den Park an der Rivière Saint-Charles, zurück nach Hause, zu zweit, und ich werde das schlechte Gewissen ertragen, es wird mich nicht umbringen.

Barkhad rennt jetzt. Er rennt voraus, mit Lola um die Wette, ein sportlicher junger Mann, voller Übermut, voller Lebenshunger. Ein Junge fast, irgendwo tief drinnen schon sehr alt und irgendwo noch ein Kind.

Wird er bleiben? In Kanada?

Und die anderen? Werden sie bleiben? Wie viele werden noch kommen?

Wie viele werden noch zu uns kommen?

Wie viele, über die ich mich auch ärgern werde, ärgern muss, ärgern darf, weil man sich ärgern darf, wenn man Menschen ernst nimmt? Und ich? Nimmt mich eigentlich jemand ernst?

Werde ich bleiben?

Fragen, die ich nicht mehr laut stelle.

Barkhad lässt Lola weiterrennen, er wartet auf mich, atemlos, strahlend. Legt mir die Hand auf die Schulter. Halb stützt er sich auf mich, nach Luft ringend, halb hat er diese Hand zum Trost dort platziert. »Mach dir nicht so viele Sorgen«, keucht er. »Schau dir an, wie schön der Frühling ist. Wir sind doch jetzt da, um die Welt zu retten. Und es kommen mehr. Ihr schafft es nicht allein, mit eurer Angst und ohne einen Gott. Und wir schaffen es auch nicht, natürlich nicht, mit unseren Kriegen und unserer berühmten Korruption und unseren Wüsten. Aber zusammen … zusammen geht es. Meinst du nicht?«

Doch das ist keine Frage mehr. Und ich antworte nicht.

Er rennt wieder los, Lola wartet schon.

Das vierte Gespräch

Jakob und die Rettung der Welt durch Kartoffeln

»Gibt es einen Weg, das alles noch zu retten?«

Es ist Sommer in Québec, Frühsommer, es ist warm in den Parks und auf den Straßen, und wir sitzen auf Stühlen vor einem Café, Jakob und Aaron und ich und Hannah-Marie und Catherine – die ganze Familie. Lola sitzt unter dem Tisch.

»Nee«, sagt Aaron. »Er hat es kaputt gemacht.«

Er sieht zu seinem jüngeren Bruder hinüber, der drei Kugeln Eis verschiedener Farbe ineinandermatscht.

Jakob streckt Aaron die Zunge heraus.

Catherine guckt weg, damit die Kinder nicht sehen, dass sie grinst. Hannah-Marie verziert die Tischdecke mit Schokoladeneis.

Ich glätte den Zettel, der vor mir auf dem Tisch liegt, meinen sehr zerknitterten, sehr gebrauchten, kaum noch leserlichen Zettel der großen Fragen.

»Ich finde die Farbe hübsch so«, sagt Jakob trotzig. »Und Papa hat auch gar nicht mein Eis gemeint. Oder, Papa? Er hat wieder diesen Zettel, es geht um die Welt. Die ganz große Welt. Papa kümmert sich um ihre Probleme.«

Die Welt ist ein Actionfilm

Er wirft seiner Mutter einen vielsagenden Blick zu, altklug, ironisch.

»Er hat diese Fragen schon tausend Leuten gestellt, und jetzt sind wir dran.«

»Oh nein«, sagt Aaron.

»Also, Papa, hör zu, die Pole schmelzen ab, das siehst du hier in meinem Eisbecher, und die Erde wird zerstört, und es bricht ein Dritter Weltkrieg aus, und nein, ich habe keine Lösung für diese ganzen Sachen, okay? Aber kann ich morgen mit Luke ins Kino gehen? Der Film ist ab zwölf, und ich bin jetzt zwölf, also.«

»Moment, was für ein Film?«, fragt Catherine. »Irgend so ein Baller-Action-Ding?«

»Die ganze Wirklichkeit ist ein Baller-Action-Ding«, sagt Aaron trotzig. »Man muss das als junger Mensch lernen. Man muss mit der Realität konfrontiert werden. Frag Papa.«

Ich räuspere mich. »Ich dachte eigentlich, ich könnte eine Antwort kriegen. Eine kleine.«

»Ist okay«, sagt Jakob, ein wenig mitleidig, während Aaron mit Catherine weiter über den Kinofilm diskutiert und darüber, was Luke darf und er nicht darf und ob Luke vielleicht schwindelt, ich höre es mit halbem Ohr. Hannah-Marie verteilt glücklich noch mehr Schokoladeneis auf der Cafétischdecke, und Jakob beugt sich zu mir und murmelt tröstend: »Papa, ich helfe dir. Wie war noch mal die Frage?«

Ich lächle. »Ob wir das alles noch retten können. Die Welt.«

Über uns in der kleinen Straße baumelt das Caféschild im Wind, Kästen mit roten und violetten Blumen leuchten an den Fenstern, die alten Häuser der Stadt scheinen sich ein wenig zu neigen, müde, erschöpft von den Jahren und all dem, was sie gesehen haben. Eine hübsche Straße, in der wir sitzen, ein hübscher, warmer Nachmittag.

»Ich mag die Welt«, sagt Jakob und guckt sich um. »Also sollten wir sie retten.«

»Ja, nur wie machen wir das? Eine Menge Leute wollen im Moment, dass alles so wird wie ganz früher und dass keine Fremden zu uns kommen. Und an so vielen Orten ist Krieg, aber keiner macht wirklich etwas dagegen. Und an so vielen Orten kann man nicht mehr gut wohnen, weil es kein Wasser gibt oder das Meer zu hoch steigt und das Land auffrisst …«

»Erderwärmung und Flüchtlingsproblematik«, sagt Jakob. »Du kannst schon richtig mit mir reden, ich bin zehn, wir hatten das in der Schule. Es passt also gerade gut, dass du fragst.«

»Ihr hattet das in der Schule? Echt?«

»Klar. Wir reden über so was. Wir sind doch keine Babys.«

»Und hatte euer Lehrer eine Lösung?«

»Lehrerin. Nein. Sie hat gesagt, wir müssen eine Lösung suchen.«

»Das«, sage ich und rühre in meinem Eiskaffee, »ist eine sehr kluge Lehrerin.«

»Klar«, sagt Jakob. »Es ist immer klug, die anderen die Arbeit machen zu lassen. Aber es ist okay. Wir machen das als Projekt, die Weltrettung, nächste Woche.«

Ich verkneife mir ein Lachen. »Ihr … rettet nächste Woche mit eurer Schule die Welt?«

»Nee, nur meine Klasse«, sagt Jakob. »Die anderen machen was mit Sport.«

»Oh.«

»Ja, wir sollen uns jeder was überlegen, und dann machen wir Wandplakate und stellen das vor. Ich brauch noch Kleber. Und Plakafarbe.«

Mein Sohn, zehn Jahre alt, rettet nächste Woche mit Kleber und Plakafarbe die Welt. Ich bin beruhigt.

»Wie genau ... macht ihr das? Mit der Weltrettung?«, erkundige ich mich.

»Na ja, jeder macht was anderes. Ich nehm Krieg«, sagt Jakob.

»Du nimmst Krieg. Fein«, sage ich und schlucke. »Und was genau ...?«

»Die Schäden. Also, was kaputt ist. Und wie man das später wiederherstellen kann«, sagt Jakob. »Und was ich tue für die Leute im Krieg.«

»Was tust du denn?«

»Na, ich habe noch dieses Riesenpuzzle und ein paar alte Bücher, und ein fast neues Stifteetui, das mir Oma geschenkt hat, aber ich hatte ja schon eins. Die ganzen Sachen schenke ich der syrischen Familie, die wir neulich kennengelernt haben, du weißt schon, wie heißen die? Das Mädchen kommt doch in die Schule, glaube ich, irgendwann bald, und da kann sie das bestimmt brauchen, und das Puzzle kriegt der kleine Bruder.«

Die Beendigung des Syrienkrieges durch ein Kinderpuzzle

»Das ist sehr nett von dir«, sage ich. »Nur … damit tun wir nichts gegen den Krieg. Oder für zerstörte Kriegsgebiete.«

Ich komme mir blöd dabei vor, das zu sagen, so entmutigend, aber jetzt habe ich es schon gesagt, es lässt sich nicht zurücknehmen.

Jakob ist nicht entmutigt. »Doch«, sagt er.

»Wie?«

»Na, guck, wenn alle so was machen, jeder ein bisschen was, dann geht es den Leuten irgendwann wieder richtig gut, allen. Und dann können sie zurückgehen und das Land wiederaufbauen, wo sie herkommen. Und wenn sie das anständig machen, dann sind alle dort froh, und es muss nicht wieder einen Krieg geben. Es ist doch so, dass jeder nur eine Sache machen kann. Nicht alles. Unsere Lehrerin hat gesagt, jeder soll ein Thema bearbeiten. Cecilia nimmt Umwelt, die sammelt Dosen. Das ist auch gut.«

»Das ist … sehr gut«, sage ich und fühle mich komisch, irgendwo zwischen Heulen und Lachen.

»Du hast das auch mal gesagt, dass jeder etwas tun kann oder so«, sagt Jakob.

»Ja, nur manchmal … verzweifle ich an der Aufgabe.«

»Das musst du nicht«, sagt Jakob und trinkt seinen Eismatsch durch den Strohhalm, das Mixen hatte also durchaus einen Vorteil. »Es ist wie mit diesem Riesenpuzzle von mir. Als ich noch ein Kind war und ich das geschenkt gekriegt habe, da war ich ganz verzweifelt, weißt du noch?«

Ich nicke. »Du hast es in die Ecke geschmissen und gesagt, das kann man sowieso niemals zusammensetzen. Und dann haben wir an einem Ende angefangen und erst mal alle blauen Teile gesucht …«

»Und Mama und Aaron am anderen Ende. Und dann ging es irgendwann. So ist das mit der Welt auch. Man muss ein Puzzlestück finden, mit dem man etwas tun kann. Und ein zweites finden. Und ein drittes. Und wenn viele Menschen an vielen Ecken Puzzlestücke finden, kann man das Ganze irgendwann zu etwas zusammensetzen. Oder, wenn du Puzzle nicht magst, nimm Kartoffeln, die man schälen muss.«

»Kartoffeln?«, fragt Catherine, die Kochen hasst und alarmiert klingt.

»Ja, einen ganzen Lastwagen voll Kartoffeln«, sagt Jakob.

»Man kann vor der Aufgabe verzweifeln, sie zu schälen«, erkläre ich, denn jetzt habe ich es begriffen. »Aber wenn jeder eine schält und es wirklich, wirklich viele Leute sind, geht es ganz schnell. Wenn man einmal angefangen hat, ist es allerdings besser, man guckt nur seine eigene Kartoffel an. Für eine Weile. Dann sieht man nämlich auch einen Erfolg, und der Mensch muss Erfolg sehen, um weitermachen zu können. Mit dem Schälen. Mit dem Problemelösen. Mit dem Leben.«

»Die gute Nachricht ist«, sagt Jakob mit erhobenem Zeigefinger, »es sind wirklich, wirklich viele Leute. Auf der Erde.«

»Weise, weise«, meint Aaron und gähnt. »Und die schlechte?«

»Die schlechte«, sagt Catherine, »ist, du gehst morgen mit Luke nicht in diesen Film.«

»Ich hasse euch«, sagt Aaron.

»… bevor du nicht die Hausaufgaben gemacht hast«, sagt Catherine.

»Ich liebe euch!«, sagt Aaron.

»Ich will auch Kartoffelschälen«, sagt Hannah-Marie. »Auch! Auch!« Und sie haut mit dem Löffel gegen ihren Eisbecher, dass es klirrt.

»Natürlich«, sagen Catherine und ich gleichzeitig.

»Du hast noch dein ganzes Leben Zeit«, sage ich. »Das Universum mit all seinen Kartoffeln und auch mit allen anderen Dingen wartet auf dich.«

Und das Caféschild schaukelt im Wind, und die Blumen leuchten rot und violett in ihren Kästen, und die Menschen strömen vorbei, strömen durch diese kleine, alte, hübsche Gasse, Menschen aus aller Herren Länder, Menschen mit allen Hautfarben, Touristen und Einheimische, Auswanderer und Einwanderer, und es gibt so viele Kartoffeln auf der Welt, so viele Puzzlestücke, aber es nutzt gar nichts, wenn wir verzweifeln. Da hat er recht, mein zehnjähriger Sohn, der nächste Woche die Welt rettet.

Jeder kann ein bisschen was tun, irgendwas, jeder von diesen Menschen, die ich hier vorbeispazieren sehe, und jeder von denen, die ich nicht sehe.

Jeder nur ein Kreuz, das hat schon Monty Python gesagt.

Auf die großen Fragen gibt es keine ausreichenden Antworten, noch nicht, doch vielleicht kann man welche finden? Wenn jeder sich nur eine Frage vornimmt, nur eine ganz kleine? Ich zerknülle meinen Zettel und werfe ihn Lola hin, die ihn zerkaut.

Ich stelle die letzte Frage.

»Kommt ihr mit? Nach Hause?«

Was kann ich tun?

Wer noch mehr tun will, kann hier ein paar Anregungen des Autors finden:
www.unter-schwarzen-fluegeln.com/was-tun/